重视道德教育是各国教育发展的共同趋势。本丛书以中国传统文化为基础，整合了关于友情、亲情、智慧和感恩的各种故事，为读者献上了一道精美的文化大餐，同时让他们从这些事迹中感悟什么是友情、亲情、智慧和感恩

时代出版
时代出版传媒股份有限公司
安徽文艺出版社

图书在版编目（C I P）数据

温暖心灵的友情故事 / 李超主编. — 合肥：安徽文艺出版社，2011.10（2024.1 重印）

（时代馆书系·感悟青少年心灵的故事丛书）

ISBN 978-7-5396-3919-2

Ⅰ. ①温… Ⅱ. ①李… Ⅲ. ①故事—作品集—世界 Ⅳ. ①I14

中国版本图书馆 CIP 数据核字(2011)第 216677 号

温暖心灵的友情故事

WENNUAN XINLING DE YOUQING GUSHI

出 版 人：朱寒冬

责任编辑：胡 莉 朱 懿　　装帧设计：三棵树 文艺

出版发行：安徽文艺出版社 www.awpub.com

地　　址：合肥市翡翠路 1118 号　邮政编码：230071

营 销 部：(0551)3533889

印　　制：唐山富达印务有限公司　电话：(022)69381830

开本：700×1000 1/16　印张：10　字数：159 千字

版次：2011 年 10 月第 1 版

印次：2024 年 1 月第 3 次印刷

定价：48.00 元

前言

友情就是朋友之间的感情。友情是指人与人在长期交往中建立起来的一种特殊的情谊，互相拥有友情的人叫做“朋友”。友情是一种最纯洁、最高尚、最朴素、最平凡的感情，也是最浪漫、最动人、最坚实、最永恒的情感。你可以广结朋友，对朋友用心善待，但绝不能苛求朋友给你同样的回报。善待朋友是一件快乐的事，如果苛求回报，快乐就会大打折扣。

阿拉伯传说中有这样一个小故事：两个朋友去沙漠旅行，在旅途中的某个地方，他们吵架了，一个人还给了另外一个人一记耳光。被打的人觉得受辱，一言不发，在沙子上写下：“今天我的好朋友打了我一巴掌。”他们继续往前走，直到走出了沙漠。他们在一条大河边洗澡时，被打巴掌的那位差点淹死，幸好被朋友救起来了。被救起后，他拿了一把小剑在石头上刻了：“今天我的好朋友救了我一命。”朋友问道：“为什么我打了你，你写在沙子上，而救了你，你要刻在石头上呢?”他笑笑回答说：“当我们被一个朋友伤害时，要写在易忘的地方，风会负责抹去它；相反，如果被帮助，我们要把它刻在心里的深处，那里任何风都不能抹灭它。”这个小故事告诉我们：在日常生活中，就算再要好的朋友也会有摩擦，朋友之间的伤害往往是无心

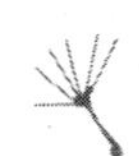

的，帮助却是真心的。忘记那些无心的伤害，铭记那些真心的帮助，你会发现这世界上你有很多真心的朋友。

《温暖心灵的友情故事》收集了数十个友情小故事，故事中的主人翁在交友、为人、处事中的种种表现，会给我们启示、让我们深思，让我们懂得去好好珍惜身边的每一份友情。友情就像是一粒种子，珍惜了，就会在你的心里萌芽、抽叶、开花，直至结果，而那绽放时的清香也将伴你一生一世。

编 者

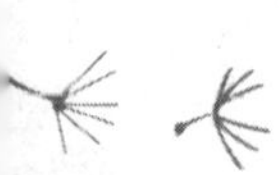

目　录

廉颇和蔺相如 …… 1

管鲍之交 …… 4

黄仲则与洪亮吉的友谊 …… 6

张仪和苏秦 …… 7

俞伯牙和钟子期 …… 11

魏无忌和赵胜 …… 14

荆轲和高渐离 …… 19

陈蕃、周谬、朱震 …… 22

蔡邕和王粲 …… 26

荀巨伯与病友 …… 28

范冉和王奂 …… 30

严光和刘秀 …… 32

范式和张劭 …… 36

崔浩和睦夸 …… 39

李世勤和单雄信 …… 42

狄仁杰和郑崇质 …… 45

左光斗和史可法 …… 47

陈子方和闵仲达 …… 51

生死之交 …… 54

10 岁女孩董玉培 …… 55

地震小英雄林浩 …… 57

肚皮的力量 …… 60

友　谊 …… 64

糖罐的秘密 …… 66

你是我的左耳 …… 68

上帝的小鸭子 …… 73

幸运抽奖 …… 80

比金钱更恒久的财富 …… 82

两张借条 …… 84

同桌的你 …… 88

有花儿记得一路的温情 …… 91

重　逢 …… 95

最后一块钱 …… 99

“需要资金吗，今天?” …… 102

双向的友谊 …… 104

棉袄与玫瑰 …… 108

上好的一座仓房 …… 110

说好我们不吃散伙饭 …… 112

我和狼的友谊 …… 115

朋友应该做的事情 …… 119

友情经过的时候 …… 122

奇遇灵狐 …… 127

把朋友当作一个朋友 …… 133

杰克的圣诞柚子 …… 136

寄宿的女生们 …… 139

有个朋友爱借钱 …… 144

好朋友 …… 146

廉颇和蔺相如

秦昭襄王一心要使赵国屈服，接连侵入赵国边境，占了一些地方。公元前279年，他又耍了个花招，请赵惠文王到秦地渑池（今河南渑池县西）去会见。赵惠文王开始怕被秦国扣留，不敢去。大将廉颇和蔺相如都认为如果不去，反倒意味着向秦国示弱。

赵惠文王决定硬着头皮去冒一趟险。他叫蔺相如随他一块儿去，让廉颇留在本国辅助太子留守。

为了防备意外，赵惠文王又派大将李牧带兵5000人护送，相国平原君带兵几万人，在边境接应。

到了预定会见的日期，秦王和赵王在渑池相会，并且举行了宴会，高兴地喝酒谈天。

秦昭襄王喝了几盅酒，带着醉意对赵惠文王说："听说赵王弹得一手好瑟。请赵王弹个曲儿，给大伙儿凑个热闹。"说完，真的吩咐左右把瑟拿上来。

赵惠文王不好推辞，只好勉强弹了一个曲儿。

秦国的史官当场就把这事记了下来，并且念着说："某年某月某日，秦王和赵王在渑池相会，秦王令赵王弹瑟。"

赵惠文王气得脸都发紫了。正在这时候，蔺相如拿了一个缶（音fǒu，一种瓦器，可以打击配乐），突然跪到秦昭襄王跟前，说："赵王听说秦王会弹奏秦国的乐器，我这里有个瓦盆，也请大王赏脸敲儿

下助兴吧。”

秦昭襄王勃然变色，不去理他。

蔺相如的眼睛射出愤怒的光，说：“大王未免太欺负人了。秦国的兵力虽然强大，可是在这五步之内，我可以把我的血溅到大王身上去!”

秦昭襄王见蔺相如这股势头，十分吃惊，只好拿起击棒在缶上胡乱敲了几下。

蔺相如回过头来叫赵国的史官也把这件事记下来，说：“某年某月某日，赵王和秦王在渑池相会。秦王给赵王击缶。”

秦国的大臣见蔺相如竟敢这样伤秦王的体面，很不服气。

有人站起来说：“请赵王割让15座城给秦王上寿。”

蔺相如也站起来说：“请秦王把咸阳城割让给赵国，为赵王上寿。”

秦昭襄王眼看这个局面十分紧张。他事先已探知赵国派大军驻扎在临近地方，真的动起武来，恐怕也得不到便宜，就喝住秦国大臣，说：“今天是两国君王欢会的日子，诸位不必多说。”

这样，两国渑池之会总算圆满而散。

蔺相如两次出使，保全赵国不受屈辱，立了大功。赵惠文王十分信任蔺相如，拜他为上卿，地位在大将廉颇之上。

廉颇很不服气，私下对自己的门客说：“我是赵国大将，立了多少汗马功劳。蔺相如有什么了不起？倒爬到我头上来了。哼！我见到蔺相如，总要给他点颜色看看。”

这句话传到蔺相如耳朵里，蔺相如就装病不去上朝。

有一天，蔺相如带着门客坐车出门，真是冤家路窄，老远就瞧见廉颇的车马迎面而来。他叫赶车的退到小巷里去躲一躲，让廉颇的车马先过去。

这件事可把蔺相如手下的门客气坏了，他们责怪蔺相如不该这样胆小怕事。

蔺相如对他们说："你们看廉将军跟秦王比，哪一个势力大？"

他们说："当然是秦王势力大。"

蔺相如说："对呀！天下的诸侯都怕秦王，为了保卫赵国，我敢当面责备他，怎么我见了廉将军反倒怕了呢？因为我想过，强大的秦国不敢来侵犯赵国，就因为有我和廉将军两人在。要是我们两人不和，秦国知道了，就会趁机来侵犯赵国。就为了这个，我宁愿容让点儿。"

有人把这件事传给廉颇听，廉颇感到十分惭愧。他就裸着上身，背着荆条，跑到蔺相如的家里去请罪。他见了蔺相如说："我是个粗鲁人，见识少，气量窄。哪儿知道您竟这么容让我，我实在没脸来见您。请您责打我吧。"

蔺相如连忙扶起廉颇，说："咱们两个人都是赵国的大臣。将军能体谅我，我已经万分感激了，怎么还来给我赔礼呢。"

两个人都激动得流了眼泪。打这以后，两人就做了知心朋友。

管鲍之交

从前，齐国有一对好朋友，一个叫管仲，另外一个叫鲍叔牙。年轻的时候，管仲家里很穷，又要奉养母亲。鲍叔牙知道了，就找管仲一起投资做生意。做生意的时候，因为管仲没有钱，所以本钱几乎都是鲍叔牙出的。可是，当赚了钱以后，管仲却拿得比鲍叔牙还多，鲍叔牙的仆人看了就说："这个管仲真奇怪，本钱拿得比我们主人少，分钱的时候却拿得比我们主人还多！"鲍叔牙却对仆人说："不可以这么说！管仲家里穷又要奉养母亲，多拿一点没有关系的。"有一次，管仲和鲍叔牙一起去打仗，每次进攻的时候，管仲都躲在最后面，大家就骂管仲说："管仲是一个贪生怕死的人！"鲍叔牙马上替管仲说话："你们误会管仲了，他不是怕死，他得留着他的命去照顾老母亲呀！"管仲听到之后说："生我的是父母，了解我的人可是鲍叔牙呀！"后来，齐国的国王死掉了，公子诸当上了国王，诸每天吃喝玩乐不做事，鲍叔牙预感齐国一定会发生内乱，就带着公子小白逃到莒国，管仲则带着公子纠逃到鲁国。

不久之后，齐王诸被人杀死，齐国真的发生了内乱。管仲想杀掉小白，让纠能顺利当上国王，可惜管仲在暗算小白的时候，把箭射偏了，小白没死。后来，鲍叔牙和小白比管仲和纠早回到齐国，小白就当上了齐国的国王。小白当上国王以后，决定封鲍叔牙为宰相，鲍叔牙却对小白说："管仲各方面都比我强，应该请他来当宰相才对呀！"

小白一听，说道："管仲要杀我，他是我的仇人，你居然叫我请他来当宰相！"鲍叔牙却说："这不能怪他，他是为了帮他的主人纠才这么做的呀！"小白听了鲍叔牙的话，请管仲回来当宰相，而管仲也真的帮小白把齐国治理得非常好！

管仲说："我当初贫穷时，曾和鲍叔牙一起做生意，分钱财，自己多拿，鲍叔牙不认为我贪财，他知道我贫穷啊！我曾经替鲍叔牙办事，结果使他处境更难了，鲍叔牙不认为我愚蠢，他知道时运有利有不利。我曾经三次做官，三次都被国君辞退，鲍叔牙不认为我没有才能，他知道我没有遇到时机。我曾经三次作战三次逃跑，鲍叔牙不认为我胆怯，他知道我家里有老母亲。公子纠失败了，召忽为之而死，我却被囚受辱，鲍叔牙不认为我不懂得羞耻，他知道我不以小节为羞，而是以功名没有显露于天下为耻。生我的是父母，了解我的是鲍叔牙啊！"

鲍叔牙推荐管仲以后，自己甘愿做他的下属。鲍叔牙的子孙世世代代在齐国吃俸禄，得到了封地的有十多代，许多成为有名的大夫。天下的人不赞美管仲的才干，而赞美鲍叔牙能了解人。

后来，大家在称赞朋友之间有很好的友谊时，就会说他们是"管鲍之交"。

黄仲则与洪亮吉的友谊

黄仲则和洪亮吉都是清朝诗人，他们都出生在江苏常州，两人年少时曾在一起读书、游学，相互赏识，情谊深厚。长大成人后，为了养家和理想，两人都去了京都，但混得都不太好。洪亮吉后来好歹还弄到了一张进士的文凭，黄仲则却什么也没有。幸运的是，他们的才华，都得到一个江苏同乡、时任陕西巡抚毕秋帆的赏识和资助。

而后，洪亮吉便去了西安，做起了毕秋帆的幕僚。黄仲则继续在京都奋斗着，直到再也支撑不下去了，便决定也去西安投靠毕秋帆。当黄仲则走到山西运城时，突然肺病复发，无钱医治，自感生命行将结束，便写信给洪亮吉，希望他能来山西，有后事嘱托。

洪亮吉收到来信后，借了一匹马，连夜从西安直奔运城。4 天后，当他赶到黄仲则所在的一间破庙时，黄仲则已经去世。只见一只 7 尺棺材，除几张诗稿以及黄仲则写给家人的遗书外，再也没有什么其他像样的东西了。黄仲则从故乡带来的一个书童，此时也早已不见了身影。

扶着棺材，念及两人的友谊，洪亮吉潸然泪下。他不顾从山西运城到江苏常州的路途之远，决定亲自送黄仲则回老家。

洪亮吉帮助黄家人处理完丧事，还与毕秋帆继续资助黄家后人的生活，为了缅怀昔日的挚友，他还把黄仲则的诗文编撰刊印。这种友谊是多么难能可贵啊！

张仪和苏秦

张仪是战国时魏国贵族的后代。秦惠文君时任秦相，被封武信君。他执政时迫使魏国献上郡，帮助秦惠文君称王，游说各国服从秦国，瓦解齐、楚联盟，夺取楚汉中之地。苏秦是战国东都洛阳（今河南洛阳）人，奉燕昭王之命入齐，从事反间活动，使齐疲于对外战争，以便攻齐复仇。齐湣王末年被任为齐相。秦昭王约齐湣王并称东西帝，他劝说齐王取消帝号，和赵国李兑一起约五国攻秦，赵封他为武安君。

张仪和苏秦两人曾在鬼谷子门下共同钻研过游说之术。从那时起苏秦就认为张仪本领比自己大，始终保持着一种虔诚的敬意。学成以后，两人各自寻找展现才华的机会。张仪首先到楚国游说，在与楚王共饮交谈的时候，因楚王丢失了一块玉璧，楚王手下人怀疑是他偷了，并对他进行拷打。张仪受到羞辱，愤然离开了楚国。当落魄的张仪徘徊于十字街头之时，身挂六国相印的苏秦却已是春风得意了。他游说赵国与各国缔结合纵之策，共同抗秦，已经成功。但要巩固这一成果，并不是一件容易的事。他想张仪如果能在秦国掌握权力，事情就好办得多。怎样能促使张仪进入秦国的政治集团呢？这得靠自己运筹帷幄了。

苏秦懂得一个深奥的道理，人与人之间如果没有对抗和竞争，就不能激发富有创造性的潜力和才华。人的思想只能在斗争中成熟，精

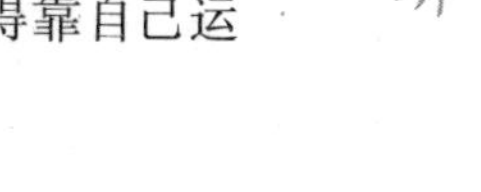

神只能在竞争中升华，道德只能在竞争中臻于高尚，人格也只能在竞争中完善。如果没有人与张仪对抗，他便会消沉下去，难以腾飞。国与国之间没有对抗，就会失去防范；合纵连横之术没有对抗，同样也会失去存在的意义。如果帮助处于潦倒中的张仪去任秦相，那将是一件具有深刻意义的大事。苏秦这样想着、筹划着，也在暗暗地行动着。

“士可杀，不可侮”，是任何一个具有高尚气节者的共性。张仪就是具有这种性格的人。一天，一个交往不多的人来见张仪并劝他道：“你的老同学苏秦，挂六国相印，周游列国，上马金，下马银，是何等威风！你为什么不求助于他呢？只要他肯帮忙，你的理想又何难实现？”尽管求学于鬼谷子门下时，张仪自我感觉并不比苏秦差，但机遇不佳，官运难通，他不得不走求助于人的这条路。

这一天，满怀希望的张仪，拖着疲惫的身影来到金碧辉煌的苏秦相府，递上书札，请求接见。不料苏秦找借口不答应马上接见，且布置手下设法拖住，不让他离去。这样推三阻四，一连几天把张仪折腾得火冒三丈，恨得咬牙切齿，连声咒骂，便打算一走了之。苏秦见张仪火升上来了，才安排和他见面，赏给他与奴仆一样的饭菜，还连连责怪道：“凭你的才能不应该潦倒到这个地步。本来我可以说几句好话，使你获得富贵，但又觉得你不值得我这样做。你今天这个模样来见我，难道不觉得有辱师门吗？”苏秦说罢这几句话，便扬长而去。

张仪受到这番奚落，烈火中烧，愤然离开苏府。他思前想后，感到只有秦国才能困扰赵国，便下决心一定要进入秦国的政治集团，不然，这口恶气是永远也咽不下去的。

饱受凌辱的张仪，经过一番痛苦的思索后，终于怀着激越的心情踏上了西去咸阳的征途。然而，此时囊中空乏，不免忍饥挨饿。幸好路上遇到了几个好心人，对他照顾得十分周到。他们一起乘车、骑马，一起餐宿，好心人还为他付款垫钱，十分慷慨，几乎成了一家人。这事令张仪感激万分，心想：世上还是好人多啊！苏秦啊，你何其情薄？张仪啊，你又何其幸也！

经过一番努力，张仪终于取得了秦惠文君的信任，成了秦国的客卿。惠文君常与他促膝谈心，共同商讨进攻各国的大事。他也一再表示要帮助秦惠文君称王。这时他在秦国的政坛上稳稳地站住了脚，但一路随他到咸阳来的几个伙伴突然来向他辞行。他疑惑不解地问："在我最艰难的时候，是你们几个陌生人帮助了我，为什么在我命运好转的时候，却要离开我呢？"这时同行的几个人才向张仪吐露实情，告诉他这一切都是苏秦的精心安排，苏秦这样做是担心秦国进攻赵国，破坏他为之奔走游说的合纵部署。这时，张仪才如梦初醒。苏秦知道张仪是天下奇才，是最能掌握秦国政权的能人，由于出身卑微，无人引荐，一时陷于潦倒的境地，一旦时机成熟，就会干出一番轰轰烈烈的事业来。为了不让小利淹没了大才，苏秦才设法激励他到秦国去施展抱负。这时张仪感慨万分地说："这本是我们两人共同钻研过的'权谋'之术，为什么我一点也没有觉察到呢？看来苏秦比我明智得多啊！"这时他的恨意早已消失得无影无踪，唯有那"同窗好友"之谊填满胸际。

苏秦死后，张仪虽然破坏了苏秦合纵事业的基础，但这是出于政治形势的需要，而在苏秦生前，张仪始终没有改变自己的诺言。这正

是“惺惺惜惺惺，英雄爱英雄”的表现。正是这种互相尊重和对抗，他俩的才华才得到了充分的展示，友谊也在这种竞争和对抗中得到了巩固。

俞伯牙和钟子期

在武汉市汉阳区内，有一处万众瞩目的名胜古迹，名叫古琴台。琴台前有一条宽阔的马路，直通武汉长江大桥和江汉大桥。这是一座历尽沧桑、屡废屡兴而又富有神秘色彩的建筑物。这里也是一处旅游处所。每逢节假日，游人纷至沓来，十分热闹。这座还不能确切考证出具体建台时间的古琴台，为什么有如此大的魅力，吸引如此多的游人呢？因为这里曾有一段感人至深的友谊故事，并留下了一曲永放异彩的《高山流水》古琴曲。故事的主人公就是生活于春秋战国时期的俞伯牙和钟子期。

伯牙和钟子期都是当时的楚国人，大约生活于与屈原差不多的年代。那时，楚国政治腐败，奸臣当道，一批贤能之士或隐遁林泉，或跑到其他诸侯国去寻找施展才能的机会。于是，俞伯牙便来到了晋国，当了一名“楚材晋用”的大夫；而钟子期不愿与统治者同流合污，便避世遁隐，寄情于山水之间。

伯牙琴艺超群，他的琴声能令驾车的马听了，也会仰起头来静心聆听，可见高妙到了何等程度。

有一天，伯牙路过汉阳，架一叶扁舟，在月下鼓琴，正好钟子期从这里经过。琴声婉转悠扬，粗犷而柔美，简放而易行，似驰原的骏马在奔腾，似雄鹰在俯视大地，似猿猴在攀登高崖，似山风在摇动树枝，似探险者临高长啸。钟子期的思绪随着忽高忽低、忽急忽缓的琴

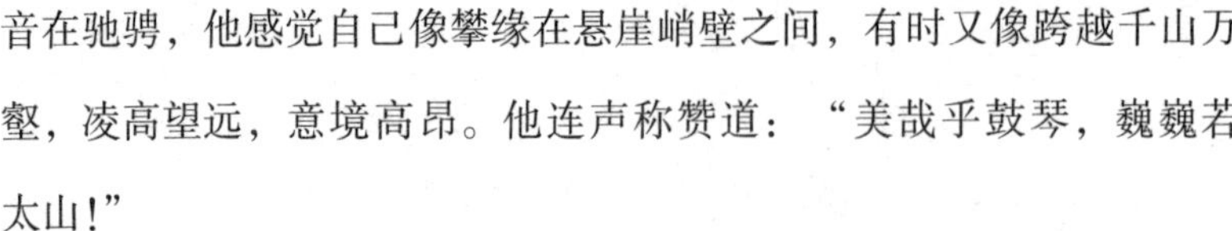

音在驰骋，他感觉自己像攀缘在悬崖峭壁之间，有时又像跨越千山万壑，凌高望远，意境高昂。他连声称赞道：“美哉乎鼓琴，巍巍若太山！”

正在专心弹琴的伯牙不动声色，微闭双眼继续弹着，就像一尊凝重的根雕聚集全身心的智慧与精力于指尖。这时哗哗的琴声又转向了流水，时而涓涓滴滴，潺潺轻唱，如滚珠落盘；时而又如河水滚滚流淌，一浪盖过一浪，推挤而至；时而又如恶浪滔天，波涛汹涌，铺天盖地，虎啸狼嚎，汹涌而来。钟子期的思绪再一次随着缓慢的溪流而逐步转入急切昂扬的琴声中，他像涉过小溪，来到大河。他陶醉了，神往了，不由发出一声惊呼。

这惊呼声划破寂静的夜空，钻进俞伯牙的耳中，他心里一怔，琴声戛然而止了。因为听琴的人猜透了自己的心意，听出了自己所弹的内涵，总算遇到了“知音”，不禁喜上眉梢，便邀请钟子期彻夜长谈。在宁静夜晚，这对初识的朋友，探索了许多问题。自然，谈得最多的是音乐，是琴。他俩一致认为音乐是有声的诗，无形的画。它可以折射出大自然的无限风光和优美景色，可以用山的壮美来鼓舞雄心壮志，也可用江的澎湃来洗刷污浊。音乐是心灵的窗口，不仅可以抒发喜怒哀乐，还可把人引入广阔的精神空间。那诗化般的流动效果和无以名状的色彩，会形成一种扑朔迷离、肃穆、清静的仙佛意境，使浸淫于其间的人们，不由自主地归真向善，走向至美与自然，也会使长途跋涉的人，不再感到寂寞和劳累了。为此，他们相约于明年的此时此夜，再在这里相见，共邀明月，共赏佳音。钟子期也高兴地应允了，一曲《高山流水》把两个朋友的手牵了起来。

第二年的这一天，俞伯牙怀着无限企盼的心情，又来到了汉水之畔，等候知音的到来。然而，他左等右等，也不见钟子期的身影。他像礁石一样守候在汉水之滨，心潮起伏。心想：自己怀着美好的愿望来到这里，是为了这片宁静的蓝天，为了这相识的知音，为了能握手叙说心路历程，坦言生活的甘辛苦辣，抒发人生的感悟，激发对音乐的共鸣，引发对社会的关注和精神的升华……然而，为什么钟子期会负约呢？他百思不解。

经过再三打听，俞伯牙才知道钟子期已经离开人世了。他是何等的伤心啊，觉得自己的琴弹得再好，也没有人能听懂了。在万分难受的情况下，他便把相伴自己多年的琴摔破了，并发誓不再弹琴。于是，去年的“听琴”处，便成了今年的“摔琴”处。然而，这段“知音难觅”的故事与这段《高山流水》古曲，却永远流传下来了。后人为纪念这对心心相印的琴友，在当年听琴、摔琴的地方建起了古琴台。

古琴台屡废屡建充分证明我们的祖先是十分珍惜友谊的，也是热爱音乐喜听琴声的。像伯牙与子期这样的知音，是千古典范，是激励后人的榜样，又怎么会被时间磨灭呢？

魏无忌和赵胜

魏安厘王二十一年（公元前256年），在秦、赵、魏三国的交界线上，发生了一桩血案。魏公子无忌的侍从和朋友朱亥，乘着他与大将军晋鄙说话之机，从袖管里甩出了个20千克重的大铁锤，把战功赫赫、执掌兵权数十年的大将晋鄙打得脑浆迸裂，血流满地，一命呜呼。一时间，军营里像开了锅似的，不知怎么办才好。这时满面泪痕的魏公子无忌从容地站了起来，怀着沉痛而又无可奈何的神情召集全军讲明了事情的原委以后，立即宣布了三条法令：一、父子同在军营者，父归；二、兄弟同在军营者，兄归；三、独身在军营者，遣归。经过一番精选之后，他只留下了8万人马。有所失，必有所得，这是事物发展的规律之一。无忌命朱亥杀死晋鄙，使魏国失去了一员大将，是魏国不小的损失。但他夺得了指挥军队的权力，可以为援助赵国、保护魏国进行一场战斗了，可以避免唇亡齿寒了。

历史进入战国时期，“七雄”争天下。势力强大的秦国，久怀并吞八方、扬威四海之志。秦国在打败赵国之后，在长平一次就活埋了40万赵军，接着又围困赵国的京城。战争的风云笼罩着邯郸，魏也随时有亡国的危险。

平原君赵胜、信陵君无忌、孟尝君田文、春申君黄歇，是战国时上流社会的四大名人。他们风流倜傥，富有才华，仗义疏财，广结人才，庇荫大众。他们的声望有的比国君还高，他们针砭时事，关心国

家大事，是可以倚重的栋梁之才。但也有因声望过高，遭到国君猜忌和排斥的情况存在，信陵君魏无忌正是这样。

赵公子胜与魏公子无忌既是名流，也是朋友。当赵国受到秦国威胁的时候，公子胜曾多次写信给魏安厘王与公子无忌，向其求援。魏国派大将晋鄙率10万大军去援助赵国，立即受到秦国的威胁："我们进攻赵国，早晚就要拿下来了。各国谁敢去援救，当我们攻下赵国之后，一定立即派军队去攻打他。"魏安厘王害怕强秦，便令晋鄙停止前进，让军队留在邺地，名义上是救赵，实际上是脚踩两只船，以存观望。

当赵国向魏国求援的时候，公子无忌曾多次向哥哥安厘王建议，希望他真心实意地帮助赵国赶走强秦。可是，胆小如鼠、一叶障目的安厘王，就是不听他的意见，以致晋鄙的军队总是在原地踏步。望眼欲穿的平原君赵胜对魏军此举十分恼火，便写了一封义正词严的信给魏无忌道："我之所以高攀你，并与你结交，完全是因为你行为高尚，讲义气，重情义，能解救别人的困难。现在赵国早晚要投降秦国了，而魏国的救兵始终不来，从哪里能看得出你能解人之危呢？即使你瞧不起我，要抛弃我，难道你不怜念你姐姐吗？"魏无忌虽然动员了所有能说上话的人去劝说安厘王，但做哥哥的既不给弟弟这个权，也不给妹妹这份情。在万般无奈的情况下，无忌决意不图自己苟活，请求以自己的宾客凑集100多辆车子去赴赵国之难。

"士为知己者死"是中华民族的传统美德之一，无忌这一破釜沉舟、孤注一掷的行为虽然是崇高的，但其中又包含了许多不够理智和不周密的地方。在这关键时刻，德高望重、足智多谋的侯嬴向无忌走

来了。他语重心长地指出无忌的盲动性，指出要救赵必须夺得指挥军队的权力；要夺得指挥权，必须拿到控制在安厘王手中的兵符。但是，怎样才能拿到兵符呢？无忌的另一位朋友安厘王的宠妃如姬，为了帮助他，冒着杀头的危险把兵符偷出来并交给了他。这样就有了取代晋鄙指挥军队的可能性了。屠夫朱亥是一位大力士，是侯嬴推荐给无忌的另一位朋友，为实现救赵的目的，他也随无忌出征了。于是便发生了前文描述的朱亥杀死晋鄙那惊心动魄的一幕。在窃符救赵的关键时刻，朋友们都伸出了援助之手，侯嬴、如姬、朱亥同样踏着"救赵"的鼓点，在设谋、窃符、夺权的活动中，表现出无限的真诚。正是大家的尚义行动，帮助无忌铺起了一条成功之路。

援军出发了，他们快马加鞭朝邯郸赶去。这时，企图一口吞下赵国而又久围不下的秦兵，恐怕魏军截断了归路，便慌忙撤退，邯郸之围遂解，赵国的安全因而得到了保障。赵王再三向无忌拜揖施礼，高度评价无忌是自古以来最贤德的公子。无忌因为得罪了安厘王，从此，有家不能归，便客居于赵国。

胜利、功劳往往会令人头脑发昏。无忌虽然是一个品德高尚的人，但也有失去警觉性的时候。赵王和平原君向他再三致谢并要加封他领地，他有些飘飘然、喜形于色。这时另一位朋友批评他道："事情有不可忘记的，也有可以忘记的。别人对你有恩德，是不能忘记的；自己对人有恩德，希望你能忘记它。何况你这次假传魏王的命令来救赵国，对赵国来说，是有功的；对魏国来说，就不能算忠臣了。如果因为这次成功地救了赵国，就骄傲起来，实在是不应该的。"无忌听了这话，直感到如五雷轰顶，无地自容。这时朋友如明亮的镜

子，照出了他心灵深处的阴影，并及时地给他指了出来，使得无忌在以后的日子里，更加注意自己的修养。

毛公、薛公是赵国的两名隐士，富有才华，讲究德行，远近闻名。无忌在魏国时就听说过这两个人，只是无缘相见罢了。到了赵国之后，通过一些渠道，打听到毛公混迹于赌徒之中，薛公混入卖酒人家中。无忌想会见两人，而他俩老躲着不见。无忌打听到两人的住址以后，便秘密地步行拜访，逐渐与他们成了朋友。赵公子胜听到这事后，不无轻蔑地对妻子说："从前我认为你的弟弟是天下独一无二的贤人，现在听说他与酒鬼、赌徒混在一起，真是太荒唐了"。赵胜的妻子听后，便规劝弟弟收敛一点，免得人家耻笑。不料，第二天无忌收拾行装来辞行道："我当初听说平原君是一个明智贤能的人，所以我背叛魏王来救援赵国，以顺平原君的心意。原来，他结交朋友，只是气魄很大，而不是寻求贤士。我在大梁的时候，就听说过毛、谢二公的才能、德行都很不错，到了赵国只怕见不到他们，我这样的人跟他们交往，还怕他们不理睬呢。现在平原君竟认为我跟他们交往是丢面子的事，这是我早没料到的。看来我不应该再与他交往下去了。所以，我决定离开。"

平原君一听这话，才知道自己犯了一个很大的错误：虽然结交了许多朋友，但终因门第观念作祟，忽视了向下层社会寻找具有远见卓识的挚友、至交。于是，他脱下帽子万般诚恳地请求无忌留下来协助自己。就这样，无忌在赵国一住就是 10 年。秦国听到魏公子无忌在赵国，便日夜派兵攻打魏国。魏王发了愁，便派遣使臣迎接公子回国。无忌害怕魏王怨恨自己，便警告门客说："有替魏王传递信息者，

处死罪。”门客们大都是当年跟随无忌背离魏国到赵国来的，因此也没有人敢劝公子回国。毛公、薛公知道这个消息后，一同去见无忌，并劝说道：“公子被赵国尊重，名声流传于各国的原因，只是因为有魏国存在。现在秦国进攻魏国，魏国危急而公子不顾惜，假使秦国攻破大梁，毁坏先王祠庙，那时您还有什么脸面活着呢?”无忌还没有等他俩把话说完，脸色就变了，立即吩咐车夫套马赶回魏国去。从这里可以看出，朋友的话，对无忌顾虑的打消，起着何等重要的作用啊！人们常说：“多一个朋友，就等于多了一颗头脑，多了一份智慧。”这难道不是铁的事实吗?

临行时，赵胜与无忌依依惜别，毛公与薛公也颔首微笑。一群重义气、重友情的朋友，在纷繁的世态中挥手告别，心中翻滚着永不止息的波涛，为历史书写着一曲友谊的颂歌。

荆轲和高渐离

荆轲本是齐国人。他的祖先，曾因诸多政治原因，流徙于吴国、卫国之间。秦灭卫后，他又逃到了燕国。他平生好读书、击剑，又喜结交朋友。他想以自己学到的知识和精湛的剑术，帮助弱小诸侯国摆脱被强秦并吞的危险。因而，他曾游历卫、赵、燕等北方诸侯国，试图得到这些国君的赏识与信任，以实现自己的抱负，然而却多次碰壁，没有成功。

荆轲在入秦之前，曾闯荡江湖，寻觅知音，但都因性格不同、情趣迥异，不欢而散。他来到燕国之后，结识了一位会敲筑（一种乐器）的人，名叫高渐离。高渐离击筑的技艺高超，在燕国有点名气。两人相识之后，很快就成了知己，经常醉饮于燕都闹市。当喝到酣畅的时候，高渐离击筑，荆轲则和着拍子引吭高歌。两人时而乐，时而泣，悲喜无常，旁若无人。他俩为找到知己而高兴，也为天下缺少知音、英雄无用武之地、浑身才能无处施展而悲伤。

后来，荆轲在田光的举荐下与燕太子丹结交，便积极地筹划入秦行刺的事。准备工作虽然办得并不如意，但迫于形势，他还是决定提前起程了。临行的这一天，太子丹穿着白衣，戴着素帽，在易水之滨的一个僻静之处为荆轲举行了一次告别宴会。早春的风依然是那般凛冽，大地依然被衰草裹得严严实实，树上的枝条被风刮得索索作响，好像是在呜咽。这时荆轲的好友高渐离提着好酒和狗肉来了，他要为

即将启程远行的荆轲弹奏一曲，以壮行色。酒过数巡之后，高渐离拿出筑，弹起了凄切的曲子。大家听着那用竹尺敲击筑发出的声音，心里发颤，连汗毛都竖起来了。

萧瑟的风声与悲壮的歌声融成一片，揪人心弦，催人泪下。在座的人再忍受不住了，不禁失声痛哭。突然间，筑调又变得慷慨激昂起来。

最后，太子丹端起酒杯，跪着敬献给荆轲。荆轲接过酒杯，一饮而尽，然后把酒杯抛进了易水之中，带着秦舞阳登上车子，头也不回地踏上了西去咸阳的大道，演出了刺杀秦王未遂的悲壮的一幕。

荆轲远走了，他给高渐离留下了深深的追念，也留下了无穷的哀思。他为荆轲的行刺失败反遭杀害而感到万分的惋惜和痛楚。于是，一个为朋友雪恨的计划，时时在他的心中涌动着。而虎狼成性的秦王则四处捕捉太子丹和荆轲的同党及朋友。高渐离自然成了追捕的对象。从此，高渐离藏起了心爱的乐器，换衣脱帽，变姓埋名，流落于宋子城（今河北赵县），当了一名佣人。

有一次，主人家来了一位客人，也好击筑。高渐离评论道：“这筑击得并不高明。”主人听说后，便要他试一试。谁知他这一击，满座皆惊。从此，宋子城内都知道他会击筑，豪门大族也轮番请他击筑助兴。这时，秦王政已经统一了全国，自称“始皇”。听说宋子城有个会击筑的人，便命人把他召进宫去。高渐离心里是何等的高兴，心想，为朋友复仇的机会终于来了。可是，高渐离不久被人认出是荆轲的朋友。秦王为了取乐，赦免了他的死罪，但叫人用马粪将他的眼睛熏瞎了，为的是让高渐离看不清自己。天长地久，高渐离渐渐有了接

近秦始皇的机会，他便预谋着一个复仇的行动。铅是一种比重较大的金属，高渐离偷偷把铅灌进了筑柱中，等待着时机的到来。有一次击筑时，高渐离觉得离秦始皇的距离比较合适，便一跃而起，捧着筑朝秦始皇击去。可惜，他因眼睛看不见，偏离了方向，扑了一个空。结果，他和荆轲一样倒在了血泊中。

荆轲与高渐离，一对知己，行侠仗义，先后走上了反抗专制主义的道路。他俩言必行、行必果、勇于献身的行为，光照后世。

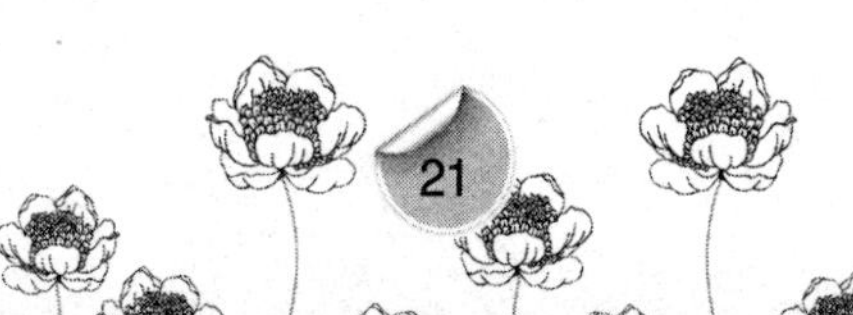

陈蕃、周谬、朱震

“陈蕃悬床”、“朱震藏孤”，这是发生在东汉桓帝、灵帝时期的一段朋友之间的佳话。它记录着陈蕃与两个朋友真诚相待、以死相救的故事。

付出与收获是对等的。有了付出，就会有收获，这是永恒的价值观。在与朋友的交往中，付出不应是天平上绝对的砝码，也无须保持绝对的平衡。但在社会的整体环境中，只要付出了，就会得到回报。陈蕃曾付出了许许多多的真诚，却从不计较回报。他也绝没想到死后得到的回报，竟是那般沉甸而感人。

陈蕃，字仲举，汝南平舆（今河南汝南）人。他的祖父曾做过河东太守。他少年时就有不平凡的抱负。有一次，他父亲的朋友薛勤到他家来做客，他若无其事地独居一间陋室学习，满屋的书籍乱七八糟地摆着，地上的纸屑脏物成堆，连墙边也长上了青苔，更不用说蜘蛛网了。于是，其父便对他说：“你这孩子怎么不把房子打扫干净，请客人进来坐一坐呢？”不料这位未成年人竟落落大方地回答：“大丈夫处世当扫除天下，哪能为一间房子的事而忙碌呢？”话一出口，薛勤一震，心想：这个小孩竟有如此大志，将来一定是有用的人才。洒扫庭除、礼貌待客，这是常人应具备的美德，但对一个具有凌云壮志的孩子来说，就不能求全责备了。因此，薛勤不但没有生气，还着实肯定了一番，鼓励他为“扫除天下”多作努力，做一个有远大抱负

的人。

成年以后的陈蕃的确是一个个性鲜明、处事不随世俗浮沉的人。早年，仕于郡，举孝廉，任郎中，因服母丧去职。又由于与顶头上司意见不合，便弃官不做。后来经过太尉李固的推举，被征为议郎，再升为乐安太守。当时李膺任青州刺史，有“威政”之名，许多贪官污吏和能力薄弱者多引退归田，唯有陈蕃以“清绩”得以留任。

有个叫周谬的人，既有学问，品德又很高洁，却不愿做官，也不愿与官府的人打交道，是一个安贫乐道、与世无争的真隐之士，以前多届郡守均仰慕他的名气，相邀做客，或以高官厚禄相许，都遭到了他的拒绝。唯有陈蕃相约相请，他才乐与交往。这是为什么呢？首先是周谬了解陈蕃少有“清世之志”，不同于一般贪赃枉法、胡作非为的官吏；其次是陈蕃了解周谬不求闻达的志向，是一个超尘绝俗的人物，所以，从不勉强他做不愿做的事，也不以官位和物质去引诱他。因此，两人见面谈得很投机。周谬来了，陈蕃以礼相待，相互谈论学问、生活、情操，决不涉及官场中的事。陈蕃还为周谬准备了一张特殊的床，周谬来了，留他住宿，周谬走了，又把这张床挂起来，谁也不敢再动用。因而，“悬床之请”就成了陈蕃与周谬友好交往的一段美谈。

在陈蕃仕宦道路上，“清世之志”也是有口皆碑的。有个叫赵宣的平民，葬亲而不封墓道，服丧 20 多年，乡里人都称他是孝子，多次向陈蕃举荐此人。等到陈蕃与赵宣见面谈起家常事时，了解到他的 5 个儿女都是服孝期间生育的，陈蕃大怒，斥责此人伪装“孝道”，表里不一，“诳时惑众，诬污鬼神”，并判处其罪。

陈蕃后担任尚书。当零陵、桂阳二郡“山贼为害”的时候，大臣们都主张派兵去镇压，唯有陈蕃上疏驳斥道：“二郡之民闹事，一定是地方官‘虐政’所致，应当审查地方长官，清除在政失和，侵扰百姓者。”于是，朝廷便选清贤奉公的人去宣布法令，安抚百姓。事实正如他所分析的，不久，所谓“郡民闹事”的事，就平定下来了。

朱震也是陈蕃的朋友，当他做州从事的时候，就很有政绩。在弹劾济阴（今山东曹县、菏泽一带）太守单匡的时候，朱震秉公办事，不留私情。人们曾以这样的谚语来夸赞他：“车如鸡栖马如狗，嫉恶如风朱伯厚。”意思是说朱震不讲究个人享受，也不摆阔气和威风，但嫉恶如仇，办事雷厉风行。可见他与陈蕃的处世作风有很多相似之处，彼此深交，也是理所当然的事。

当陈蕃遇难暴尸于荒野的时候，朱震正担任安徽滁县县令。消息传到他的耳里，他十分心痛，便摘掉自己的乌纱帽，冒死赶去为陈蕃收殓尸骨，又将陈蕃的一个儿子陈逸藏于茂陵。这时专权的曹节、王甫等人，正在追捕陈蕃、窦武的余党。朱震此举体现了他为朋友甘愿赴汤蹈火的忠诚。然而，事情最终还是被泄露出去了。于是，朱震一家也被抓了起来，并被投进了监狱。

在监狱里，朱震被宦官们轮番拷打，几至皮开肉绽、筋挑骨断。此时，他唯一的信念，就是保存亡友最后的一条根。尽管自己被折腾得死去活来，他也没有说出“匿孤”的事。直到黄巾起义，朝廷大赦党人时，陈逸才获得自由，重见天日，并被封官鲁地。

相待以诚，相持以义，是物欲熏心、金钱至上者学不会的，它必

须发自内心。伪善的世界是不相信真诚的，而陈蕃、周谬、朱震坚持以不泯的真诚谱写出的“悬床”、“藏孤”之举，在友谊的王国里奏响了一曲圣歌，让后人景仰不止。

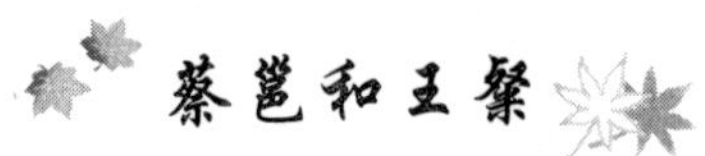

蔡邕和王粲

“蔡邕倒屣”记录了东汉一代名家蔡邕与王粲交往的一段故事。蔡邕与王粲不仅年纪相差很大，而且他们是先闻名，后相识相交，一旦相识，就像故交一样，忘年忘形，推心置腹，真诚相待。

蔡邕是一个博学多才的人，深谙琴音，还能自己做琴。蔡邕的生活道路是坎坷的、悲怆的。他先在司徒乔玄那里做事，受到乔玄的器重，出补河平长，不久拜为郎，校书东观，进而迁为议郎。这时他虽然向朝廷提出过许多革除吏治弊端的建议，主张惩罚不法官吏、选择贤良，但都没有引起朝廷的重视，反而招来“仇怨奉公，议害大臣”的“大不敬”罪名，而被一再惩处、追杀，逼得他亡命吴越达 12 年之久。董卓专权以后，想利用蔡邕的名望来巩固自己的地位，软硬兼施，逼他应命，竟有“三日之内，周历三治”的事发生。第一天封他为祭酒，第二天封他为侍御史，第三天封他为尚书。不久，又拜蔡邕为中郎将，跟随献帝迁往长安，后又封高阳乡侯。蔡邕虽然受到董卓的器重，并且也想借此机会发挥自己的政治才能，但因董卓的刚愎自用，他提出的许多有益建议都无法实现，加上他无法逃脱董卓的控制，最后随着董卓的诛灭而被王允所害。一代英才被淹没在混乱的时局中，成了野心家董卓的陪葬品，常令后人叹息不已。

王粲为“建安七子”之一，其诗语言刚健，词气慷慨。蔡邕与王粲的交往，发生在汉献帝迁都长安的这段时间。蔡邕因才学著称，且

在董卓的一再举荐下，成了“贵重朝廷”的人物，因此前来拜访他的人很多。时人以“车骑填巷，宾客盈坐”来形容。为了寻求政治上的出路，展现自己的风采，出身于官宦世家的公子王粲，也加入了来访者的行列。

这一天，蔡邕盘坐在官邸，与来访者高谈阔论。家人前来通报道：“有个年轻人，名叫王粲，想求见大人。”蔡邕一听，神情顿时喜悦起来，连鞋子也来不及穿好，就出来迎接王粲。那股热情劲，让满座的宾客都感到震惊。等到见了面，大家心里不禁凉了半截，原以为王粲是一个风流倜傥、相貌伟岸、令人望而生敬的人，谁料蔡邕领进来的是一个孱弱矮小、面黄肌瘦、难登大雅之堂的人物。蔡邕看着大家的表情，似乎听出了大家的心声，连连说：“这是王公（王畅）之孙，是一个很有抱负和才能的人，我远远比不上他呀。”经他这么一说，大家自然就乐意接受这个年轻人了。这时的王粲才 17 岁。后来在蔡邕的推荐下，王粲担任了侍郎。

王粲在长安逗留的日子里，与蔡邕交谈了许多，蔡邕也更加器重他了。王粲的确是一个奇才，有着惊人的记忆力，有过目不忘的本领。道旁的碑文，他读一遍以后，就能一字不漏地背下来。他精通数学，文章写得又快又好。人们怀疑他“举笔便成，无所改定”，一定是早就起好了腹稿。其实，在许多情况下，仓促执笔，他也如此神速。坚实的功底，决定了他的才华横溢。

也因为有了王粲的尊崇，蔡邕的心境才变得如此欢乐，从而使“倒屣迎宾”的故事，能更久远地流传。

荀巨伯与病友

荀巨伯，河南许州（今河南许昌）人，生活于东汉末年。这是一个战乱频繁的时代。其间有农民起义，也有中央皇权与地方割据势力的战争，还有汉族政权同少数民族之间的战争，更有少数民族豪酋之间的互相攻伐，以及少数民族统治者同北方地主集团的攻守战争。各类性质不同的战争，把整个中国扰得天昏地暗。特别是董卓之乱后，各地割据势力之间的战争，此起彼伏，真是民无宁日。各个集团为了扩充军事力量到处招兵买马，所招揽的人，缺乏纪律，所到之处，既杀又抢。战争过后，城池往往变成一片废墟，就连一部分胡人，也乘机蹿进中原打家劫舍。

荀巨伯探望病友之际，正值胡兵攻城。剽悍的北方蛮兵，骑着高头大马，挥舞着锐利的兵器，横冲直撞，几乎没有碰上任何抵抗的力量。城里的人早都逃光了，逃不出的大多做了刀下鬼。

病友一见荀巨伯冒这样的风险来看望他，急得冒出一头冷汗，急急地说："我现在重病缠身，无论怎样也逃不出去了，只有等死！你冒险来看我，我感激不尽。现在乘敌人还未进入我家，你赶快逃走吧，不然就要连累你了。"

荀巨伯一听此话，不以为然地回答："我这么远来看你，就是放心不下。现在一遇风声紧急，就离开你，这种行为是极不符合道义的，我不屑干这种事。"不管病友怎样劝他，催促他，他还是守在病

友床前，不离开半步。病友急得没法，流着眼泪对他说："巨伯啊，我是快死的人了，连累你遭殃，我是何等的不安啊。"

正当病友苦苦哀求他离去的时候，胡兵们闯了进来，霍霍的大刀和长矛，一齐逼到他俩的胸前，大声责问道："大军所至，一郡皆空，你们是何人，敢于独自留在家中，难道不怕死吗？"

荀巨伯从容回答："我的朋友正患着重病，我怎能舍下他不管呢？如果你们要用人当兵，请以我去替代。如果你们要杀人，请向我开刀吧！但请求你们不要杀害我的朋友，他已经被疾病折磨好久好久了……"

这简单的请求，朴素无华，掷地有声。这批胡兵听了他的话相视而道："我们是不义之师，闯进了有义之家，何必乱杀无辜呢？"于是，胡兵悄然而退。由于荀巨伯的义举，大家获得了平安。

"人"字的结构是互相支撑着的，如果这结构的半边已经发生动摇，另半边就需牢牢地支撑着。朋友之间更需如此。大难来时各自飞，这似乎是一种通常的现象，但荀巨伯不是这样。在最危急的时候，他的气节、他的风骨、他的灵魂得到了净化，得到了升华。他像一块光芒四射的钻石在友谊王国里闪烁着异彩，为忠诚的友谊之树缀满了繁花绿叶。

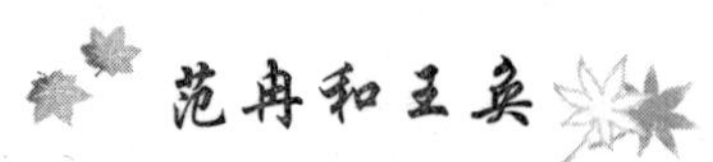

范冉和王奂

王奂与范冉是两个耻于“势交”、“利交”、“贿交”的典范，他们之间的交往，是不含任何功利色彩的贫贱之交。

王奂，字子昌，河内武德（今河南沁阳）人，其家境虽然贫寒，却志存远大。他年轻时曾负笈求学，每当手头拮据、无以为生的时候，总乐意放下书生的架子，从事劳动来解决自己的吃穿问题。他还是一个善于发现人才的人。在他执政期间，听说有个叫仇览的人，能坚持以德化人，他便征仇览为主簿。可以说，王奂在职期间，政绩可嘉，堪称一代清官。

范冉与王奂的思想性格有许多相同之处，他们很早以前就是推心置腹的朋友。在一同学习、一同出访的日子里，由于彼此能敞开心扉交谈，在许多问题上，两人增进了共识，也加深了感情，彼此把美丽的情感深深地印在了各自的心田，作为永久的记忆与牵挂。后来，王奂在担任考城令时没有忘记这位故交。考城距内黄很近，公务之余，王奂总要抽空去拜访范冉，畅谈往昔，探索未来，吟诗作文，情真意切，而且还多次邀请范冉去考城做客，并想邀请他与自己一道治理考城。但范冉总是以各种理由推辞，这常使王奂感到失望。

过了一段时间，王奂要调到汉阳去当太守了。因为临行仓促，没有再来告诉范冉。但范冉还是知道了这个消息，心想：王奂将要远行，什么时候再能相见呢？心里不禁怆然。为了与好友话别，范冉便

和弟弟准备好了一些酒菜，在路旁垒起一个土台，准备为王奂饯行。

王奂来了，随行人员挑着担，推着车，前呼后拥。范冉看了，心里并不高兴，也不愿与王奂直接打招呼，而是与弟弟坐在土台上高谈阔论。王奂走近他俩时，听出了范冉的声音，立即滚鞍下马，百般道歉。可是范冉执意拒绝道："你在考城的时候，本想和你一起做事，但想到自己是贫贱之身，有污好友，所以我始终不敢造访。现在你要高迁远就，再见面就不知在何年某月，所以在这里为你饯行。如果我跟你到驿馆去，就将蒙上攀附权贵的污名了。但愿我们的友谊不会因时空的变换而变化，尽管身处异处，也应该是相应的；无需经常见面，也应该是相亲的……"就这样，范冉起身告辞，始终没有再回头看一下王奂。而王奂望着朋友远去的身影，久久不愿离开，心里泛起无尽的敬意。

这是一个朴实无华的故事。它与那种攀亲附贵和"一人得道、鸡犬升天"的丑恶现象形成鲜明的对比。这样的真情既不是富庶对贫穷的怜悯，也不是文明对愚昧的嘲弄，不是智慧与狡猾的较量，更不是精神的麻木、道德的沦落，而是一种生活方式、一种生命形态，也是一种理解、一种觉悟、一片诗意。因此，他俩的友谊，赢得了史家的赞赏，为时人所推崇，为后人所效法。

严光和刘秀

严光从小就聪明好学，精通《诗》、《书》，在家乡一带颇有名气。他与人论辩，逻辑缜密而奇诡多怪，不同凡响。乡里人认为他将来一定会出将入相，会给家乡带来无限荣耀，因而对他总是另眼相看。稍长之后，严光希望自己成为一名学富五车的饱学之士，便不顾长途跋涉，来到人才荟萃的京师长安太学学习。

太学里也来了一个南阳豪门子弟刘秀。他英姿焕发，思想敏锐，善于交游。他见严光意气豪迈，也乐于与之交往，不久，两人便成了意气相投的朋友。

他俩都喜欢海阔天空地聊天，谈论起诗文来，神采飞扬；有时他俩也谈论人生，思考生命的奥妙和人生的真正价值。但谈论得最多的还是王莽篡权夺位的事。他们剥茧抽丝地分析王莽篡权夺位的必然后果，设想着推翻王莽政权的办法。此时此刻，智慧、激情、胆略在谈笑中竞相飞跃，宏图在胸臆中哗哗作响。特别是刘秀，自认是汉室宗亲之后，有着责无旁贷的责任去恢复汉室的宗庙。于是，刘秀到处联络起义军，为推翻王莽政权，开始了艰难曲折的斗争。严光也认为刘秀是“帝胄之英”，是名正言顺的继承人，所以也常“激发其志”，起着吹火助燃的作用。后来，刘秀从农民起义军的手中攫取到了胜利的果实，成了东汉的开国皇帝——汉光武帝。而只想成为大学问家的严光适逢乱世，无法在长安久待，便辞别南归。然而混战的烽火，已

阻隔了归途。再说，自己是带着家乡父老的殷切希望离开的，如今落魄而归，脸上无光。于是，严光便决定先到人杰地灵的齐鲁去寻师问友，以待时局的变化。他走进了山东北部的一个小山庄，过起了极其简朴的隐居生活。

在政权稳定以后，素有儒者之风的刘秀，知道打天下要靠武功，治天下则要文治。于是，便广泛地收罗知识分子，想利用他们的名望和智慧、才能，来巩固自己的政权。此时，他最先想到的人，便是在太学里结识的、帮助他点燃希望之炬的严光。严光在哪里？一通通招贤榜发出之后，怎么也得不到他一点儿消息。光武帝刘秀便派人到严光家乡去寻找，但谁也没有看见过他的人影。刘秀也了解严光才高学富、自命不凡和不甘屈就的性格，便根据自己的记忆描绘严光相貌的特征，命画工绘制成一幅幅肖像，到处张贴，命人寻找。

其实，经过严酷战争洗礼后的严光，思想也产生了巨大的变化，他爱上了寂静无为的生活。什么功名利禄、理想抱负，全都抛到了脑后。于是，严光摘下了破旧不堪的儒巾，换上葛衣短衫，抛开功名的诱惑，就在青山之麓、清溪之滨，搭起了一间栖身的小棚，过起了与世无争的生活。沂蒙山绵延起伏，气势磅礴，荡涤着他心中的郁闷；沂河水清澈见底，洗尽了他的凡夫俗气。美丽的鱼儿在水中悠忽游弋，是多么的自由快乐，而人世间又是多么的污秽不堪、尔虞我诈。他早已安于现状了。清晨，他迎着薄雾，沐着朝霞，走向山冈，去舒展筋骨，吐故纳新，或走向河边，静静垂钓，寄思幽情；傍晚，红日西沉，他伴随归鸟走入窝棚，做着人世间最香甜的梦。山中才数日，世上已千年。严光在“钓翁”的梦中打发着日子，几乎不知道世上发

生了多少变化。

皇帝的诏令一下，严光的确扬名了，各地官员四处打听严光的下落。不久，齐国（封国，今山东泰山以北）的官员来报告说："沂河边有个男子，独居于山谷中，身披羊皮，经常坐在河边钓鱼，有几分像画像上描绘的人，只是不敢肯定。"刘秀一听，精神大振，认为此人八成是严光。于是，立即派出使者，备上专门聘请贤人的车辆，带上表示尊贵的玄色丝帛，前去迎接那位垂钓的男子。使者见了"钓翁"，奉上礼物，可"钓翁"连眼皮也不抬一下，更不通姓名，只说是"山野之人，志在江湖"，拒绝应召。无奈光武帝决心已下，一连三次派使者去请，非要把严光请来不可。出于无奈，严光最后只好跟随使者来到了长安。

光武帝见严光终于来了，甚是高兴，一见面，又是拉手，又是拥抱，显得十分亲热。而严光推说旅途劳顿，亟须休息，不愿与光武帝多说话。光武帝没法，只好先把他安排在皇家的馆舍中居住，一切生活用品及膳食全部由皇宫提供。

侯霸也是严光在太学里结识的朋友。听说严光来了，首先派人去拜访他。谁料严光对来人说了一串难听的话，令侯霸气急败坏，便跑到光武帝那里去告状。

光武帝十分了解严光的性格和用意，便亲自去驿馆看望严光。严光知道皇帝要来了，便躺在床上睡觉。

他呼吸平稳、悠长，好像真是在白日做梦。等了许久，光武帝弄不清他是真睡还是假睡，便走过去拍拍他的肚子说："老同学，醒醒吧，你能屈尊帮我治理一下天下多好啊。"严光没有回答，只是翻了

翻身，又过了好久，才微睁双眼，有气无力地说：“士各有志，何必苦苦相逼。”光武帝没法，只得叹息着走了。

过了几天，光武帝又把严光接到宫里。两人同吃同住，一起回忆当年在太学里的往事，细数同窗的变故，感叹世事的变化，从容谈吐，十分投机。谈笑一直延续到晚上，光武帝便留严光在宫中过夜，并与自己同床共寝。睡到半夜，光武帝迷迷糊糊地感到有个东西压在自己的肚子上，还有一股淡淡的泥土味。用手一摸，原来是严光的一只脚。光武帝本想把这只脚推开，但又担心是严光对自己能否真正礼贤下士、与人同甘共苦的考验，只得忍着肚皮上的酸痛，度过了这难熬的一夜。

不久，光武帝面授严光为谏议大夫。严光并不谢恩，也不履行职责，只是对光武帝说：“你让我走，咱们还是昔日的朋友。你让我留在这里做什么谏议大夫，反倒伤了和气。”光武帝见严光说得如此坦诚，知道即使留下了人，也留不住心，只好派人送他回桐庐故里，去过那林泉生活。

范式和张劭

故事发生在东汉桓帝年间，故事的主人公就是范式和张劭。两人虽然说不上是居庙堂之上的显赫人物，但彼此之间高度信任的程度，如春风摇落了枝头的残雪，摇出了串串花蕾，启开人们的心扉，为后世树起一个信守诺言的典范。

范式，字巨卿，今山东邹县人。张劭，字元伯，今河南汝阳人。在交通还十分闭塞的时代，两个求知欲十分旺盛的年轻人，来到洛阳太学寻求深造。在没有任何雕琢和虚饰的心态中，是同一个课堂、同一缕阳光、同一批师长、同一学习内容引导着他俩心灵的走向。在朝夕相处的岁月中，他俩共同学习，共同研讨时事，探求人生路上的种种问题，拳拳之情如一根绳索在不知不觉中牵动着彼此的心灵。岁月在不经意地翻动着日历，披着青春霓裳的他俩，不觉已在太学里度过了几个寒暑。他们从繁花似锦的春天走过来，穿过绿意浓浓的夏天，又进入到了硕果累累的秋天。学习期满，到了该离开太学施展个人抱负的时候了。

几多苦读，几多汗水，几多欢愉，几多慷慨激昂，令他们感到自豪，从内心深处升起一股从未有过的自信与渴望，点点滴滴酿成甜美的酒。然而，学习期满，同时也意味着朋友告别，各奔东西，这不免为生命的征程抹上一层淡淡的失落。在各奔东西的路口，依依之情令这对志趣相投的年轻人不忍遽然分手。此时此刻，他们没有合影留念

的条件，也没有礼品互赠，只有千万的言语留在记忆的深处。

聚与散本是生命旅程中常见的事。相聚的人，不一定相识；相识的人，不一定相知；相知的人，也不一定要常聚。在这郑重惜别的时刻，范式为了安慰张劭，首先提出：“两年后的今天，我一定登门拜见你的母亲并问候你的妻子和儿女。”张劭一听，不禁转愁为喜。于是，两人相约记住这难忘的承诺，然后挥手而别。

遵守自己的诺言，便会赢得他人的信任。花开两度，树增两轮，相约的日期到了。这一天，张劭把此事告诉了母亲，并请求煮酒杀鸡迎接宾客。老夫人不禁笑道：“傻孩子，两年之别，千里之途，你真相信他能如期赶到吗?”张劭很有把握地告诉母亲：“巨卿信士，必不乖违。”母亲不愿拂却儿子的一番心意，便将信将疑地为他准备着一切。

悠长而缠绵的思念，总是牵动着张劭的那颗心。这天中午刚过，他早早地来到了村边路口，伫立等候。远眺来往行人，总希望范式的身影早一点进入自己的视野。太阳渐渐失去了中午的火辣，山鸟归林了，家禽进窝了，农户们也辍锄了。这时张劭发涩的眼睛忽然一亮，“巨卿来了”、“巨卿真的来了”的欢呼声冲口而出，他是那么喜形于色。而范式呢? 他带着一身尘土，带着一身疲劳，如期到了张家。登堂拜伯母之后，众人喜气洋洋，倾吐着离情别绪和相见的欢乐。这便是被后人称之为“人间鸡黍期，天上德星聚”的一段佳话。

范式后来走上了仕途，成为郡功曹。而张劭因体弱多病，常居家中疗养。他们见面的机会虽然少了，但感情的纽带仍然系得很紧，甚至是魂牵梦绕，心灵感应。张劭重病的时候，十分眷恋范式，昏迷中

仍然叨念着“我今生再也见不到死友范式了……”守在身旁的另两个朋友郅君章、殷子微道：“我们都很关心你的健康，我们不是都守在你的身边吗？我们难道不是你的死友吗？”

张劭微睁着眼说：“你们都是我的好友、生友，但不能算死友。”在张劭的眼里，范式才是死友，其分量是何等的重啊！

范式早就知道张劭重病缠身，只因公务繁忙，没法亲自侍奉汤药，但这块压在心上的石头，常使他寝寐不安。一天晚上，他忽然梦见张劭病故了。一场噩梦之后，不禁放声大哭。第二天，他便向太守告假去奔丧。太守对他的这一举动疑惑不解，但范式还是素车白马赶往张家奔丧。这时，张家也正停柩等候他的到来。范式怀着万分悲痛的心情在灵柩前叩首致哀，并亲自引柩入墓。为了悼念亡友，他还留守了好些日子，修整好坟墓，栽上青松翠柏，直到青草已经覆盖、绿树成活的时候才肯离开。当后人读到范式与张劭的这段友谊故事的时候，无不为之感动。

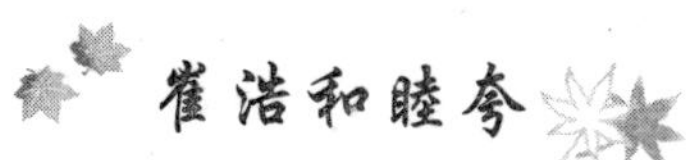

崔浩和睦夸

《孝经·谏诤》里有一句名言：“士有诤友，则身不离于令名。”意思是说，一个人有几个直言相谏的朋友，就会有好的名声在外。相反，身旁多了几个贿友、害友，就会使自己身败名裂，甚至命丧黄泉。我们以北魏时崔浩与朋友交往的经历，来认识这个问题的重要性。

崔浩，字伯渊，北魏时清河东武城（今山东）人。他有显赫的家族史，几乎自魏晋以来，家族中代代有名臣。他的父亲就曾是北魏道武帝（拓跋硅）、明元帝（拓跋嗣）的重臣，深受皇帝和大臣们的敬重。崔浩在家庭的影响下，从小就才智出众，学识渊博。他熟悉各种典章制度，通晓天文地理，还懂得兵书兵法。他和父亲一样，深得武帝和明帝的赏识与倚重，官至司徒，袭爵白马公。然而，高贵的门第、出众的才智、显赫的爵位，在他的身上也烙下了许多难以改掉的坏作风、坏习惯。他遇事好争辩，不尊重别人的意见。他争强好胜的习气，常惹人怨恨、嫉妒，因而，一有闪失，便被人揪住不放。有人甚至利用他的弱点，在他面前吹捧、阿谀，这又使他昏昏然。

睦夸，名昶，赵郡高邑人。他是一个“有大度，不拘小节”、“耽志书传，未曾以世务经心”的隐逸之士。他在乡里之间威信颇高。十里八乡、左邻右舍有了纠葛矛盾，只要他出面调解处理，没有不听从的，因而具有“邦国少长莫不惮之”的威慑力。

睦夸少年时就与崔浩交往密切，并成为莫逆之交。崔浩十分了解睦夸的人品与才能，因此，担任司徒以后，就敦请其为中郎（掌管宿卫宫禁，侍从皇帝左右）。但淡漠功名的睦夸，以自己有病为由拒绝了。崔浩思念旧友，同时也觉得自己的确需要这种格调高雅、清心寡欲的人来支持，便通过郡衙门把睦夸请进了京城平城（今山西大同）。崔浩见睦夸来了，好不高兴。每日留他在府中居住，设宴款待，畅谈生平。他们或由浅入深，反思生命的奥妙；或触景生情，袒露心弦的律动；或剥茧抽丝，探索人生的真谛；或明譬暗喻，昭示生活的误区。但睦夸似乎又为自己树起了一道铁丝网，那就是决不与崔浩谈出山任职的话题。几天下来，崔浩的嘴似乎被睦夸封住了，始终拉不开这话题。崔浩也怕伤了朋友的自尊心，一直迟疑着，最后只把一封皇帝的诏书硬塞进睦夸的怀中。即使如此，睦夸还不愿意当官任职，并且说："简桃（指崔浩）啊，你已经是司徒了，何必还要逼我呢！如果真要这样，我马上就告辞去了。"

睦夸来时骑的是一头毛骡。崔浩怕睦夸私自离开，便叫人把他的毛骡圈在大牲口棚里，让他找不到，想用这个办法把睦夸挽留下来。但睦夸去意已决，便托乡下人租了一辆车，谎称是官家御车，顺利地过了关卡回到了家里。崔浩知道睦夸志趣不在仕途，追赶也没用，十分后悔地对旁人说："像睦夸这种品行高尚的人，我本不应该以位卑职小的官职来玷污他的人格。我不但没有尽到朋友的职责，反让他遭了旅途的劳顿，实在是太不应该了。"那时的法律是十分严格的，睦夸未经皇帝允许，擅自离开，就犯了"私归之咎"，要受处罚的。崔浩为了保护这位朋友，左挡右拦，为睦夸开脱，终于让皇帝没有再追

究他的罪责。后来，崔浩又派人送还睦夸的骡子，并赠送骏马，以示谢罪。睦夸不但没有接受，连信也没有回。其实，睦夸心里十分明白，崔浩举荐他，是器重他的人品和才智；不究私逃之罪，是尊重他的志趣与性格。如果不是真正的朋友，绝不能做到如此地步。尽管发生的一切不能算是愉快的，但淡泊如水的崇高友谊，仍如煦煦春风吹拂各自的心灵，与那攀荣附贵者形成鲜明的对比。

李世勋和单雄信

这是一个真实的故事。它发生在唐代建国之初，故事的主人公叫李世勋、单雄信。

李世勋，本姓徐，字功懋，今山东东明人，是唐朝的开国功臣之一，因而被赐李姓。单雄信，济阴人，与李世勋一同起义，后为李密的部将。他骁勇善战，能在马上用枪，军中称之为“飞将军”。后又投降过王世充，为大将军。

李世勋出身富豪之家，“聚粟千钟”、“家资万贯”、“童仆数百”，加上他父子“仗义疏财”，在当时享有很高的声望。每逢灾年，他家总要开仓赈济，在动乱的岁月中，他家自然具有一呼百应、左右局势的力量。

隋朝末年，以杀父弑兄而攫取帝位的隋炀帝杨广，撕下了往日伪善的面纱，露出了狰狞的面目，推行一系列倒行逆施的政策。他好大喜功，南征北讨，炫耀武功，耗尽民力使天下为之骚动。他自认“贵为天子”，理应“享天下之富”，以“自快其意”。为了显示其繁华富贵，他用搜刮来的民脂民膏，广建馆阁楼台，供个人享用。他数下江南，造力舟千艘，遮天蔽日；跟着他出游的姬妾，数以万千。这个时候，他完全丧失了一个国君应有的品德，沉浸在“暮江平不动，春花满正开。流波将月去，潮水带星来”的糜烂生活中，从而把广大劳苦大众推到了“衣食不给、人乃相食”的深渊。老百姓再也活不下去

了，于是纷纷举起反抗的旌旗。李世勣参加了当时的瓦岗军，并在荥阳（今河南）大海寺一战中，冲锋陷阵，建立了奇功。他又善于结交朋友，于是四方豪杰竞相前来投奔。到了后来，他又推举富有将才的李密，取代翟让的领导地位，使瓦岗军更具有战斗力，从而夺取了大片军事要地。在当时极为复杂的形势下，山东、河南一带水灾十分严重，他向李密建议道："天下大乱，本是为饥，如若得黎阳一仓，则大事济矣。"李密接受了他的建议，并命他夺取黎阳粮仓之后，任老百姓取食。大家欢天喜地，不到 10 天，这支队伍扩大到 20 多万人，在左右当时的局势方面，起着举足轻重的作用。

隋炀帝死后，谋杀他的宇文化及成了众矢之的。妄想继续隋王朝统治的王世充，蓄意拉拢瓦岗军，造成两虎相斗的局面，相互拼杀。宇文化及覆灭之后，王世充又掉转矛头，攻打李密，迫使李密向西投靠了太原李渊集团。但是这时与李世勣同生死的单雄信，还在王世充的军中，并被任命为大将军。而李世勣则留在李密原来的地盘上转，同时也派人与李渊接上了头，不失时机地向唐军靠拢，并送去了上表文书。李渊见到来人，却不见奏表，只有一封给李密的信，感到很奇怪。弄清原因之后，李渊才明白李世勣原是不想邀功请赏。李世勣对下属说："魏公（李密）既归大唐，今此人众土地，皆魏公所有也。吾若上表献之，即利主之败，自为有功，以邀富贵，吾所耻也。今宜具录州县户口，总启魏公，听公自献，此则魏公之功也……"当李渊了解到李世勣这番心意之后，十分高兴地赞赏道"盛德推功，真乃纯臣也"，从而更加信赖他。

后来他与李世民一道合兵围攻洛阳的时候，与往日并肩作战而现

在却成了敌人的单雄信相逢。在战斗最激烈的时候，骁勇过人、武艺高超的单雄信正好与李世民相战，单雄信跃马举矛，朝李世民的咽喉直刺过去。就在这千钧一发之际，李世勋大喊："雄信兄！这是秦王！不可造次！"单雄信一怔，便把长矛缩了回去，放过了李世民。然而，洛阳解围之日，王世充与单雄信都成了阶下囚。

怎么处置单雄信成了战斗结束后李世勋的一块心病。群雄割据、相互逐鹿的结局，总是"胜者为王，败者为寇"。单雄信既然成了唐军的俘虏，自然逃不出"处死"、"砍头"的命运。但是李世勋十分了解自己的朋友。他出身贫贱，忠实可靠，武艺精湛，智勇双全。将这样一位战将处死，实在是太可惜了！单就个人的感情来说，他也不希望自己享有高官厚禄，而朋友却成为刀下鬼！为此，他三番五次向李渊求情，愿意以自己的官衔厚禄换取单雄信的性命，并保证单雄信出狱后，忠心为唐王朝效力。

然而，李渊为了巩固已经攫取到的权力，固执己见，丝毫不尊重他人的感情，不管李世勋怎样硬磨软求，就是不答应，始终坚持要处死这批囚犯。回天无力、哭诉无门的李世勋，悲痛欲绝，号恸再三，只得亲自赶赴刑场，为单雄信送行。面对色如死灰的朋友，他的心在颤抖，泪在流淌。单雄信难过地说："你已经为我做了很多努力，虽然达不到目的，但我还是十分感谢你。回想起义初期，我俩同骑战马，驰骋沙场，同心相护，是何等畅快！今日隔世，只求以后事相托了……"听着听着，李世勋答应照顾单雄信的妻儿。即将告别人世的单雄信，面对挚友，深信不疑，含笑走向了天堂。

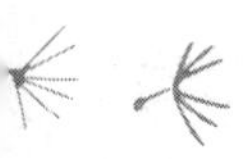

狄仁杰和郑崇质

狄仁杰生活于唐高宗至武则天掌权的这段时间里，他是一个关心民族、政绩卓著的人物，也是一个不信鬼神、具有朴素唯物主义思想的人，更是一个以“孝友”著称的大好人。

他在并州的时候，同府法曹（王府、公府、将军府僚属之一）郑崇质担任出使“绝域”的使臣，即将成行。“绝域”即遥远的边陲，它意味着荒无人烟，也许是山高路险、湿热潮燥的南夷腹地，也许是莽莽丛林、猛兽蛇蟒出没之地。这时郑崇质的高龄母亲正患重病，但君命在身，郑崇质不敢拖延。正在伤心愁苦的时候，狄仁杰对郑崇质说：“太夫人有危，而你要到很远的地方任职，如果带着母亲去，这么遥远艰险的路程，她老人家怎么经得起这番折腾呢？如果不带太夫人去，你又怎么放心得下呢？”他的话说到郑崇质的心坎上，只见郑崇质仰天长叹道：“难啊，难啊，老天要这么惩罚我，又有什么办法呢？”面对朋友的困难，狄仁杰伸出了助人为乐的手，他回去找长史（掌管顾问参谋工作）蔺仁基，表明自己乐意代替郑崇质出使，以便他能照顾多病的母亲。当狄仁杰赴任远行登上太行山时，望着孤飞的白云对同行人说：“我的老家就在这层层白云底下，我的母亲在望着白云，念叨着我！”此时，他心潮起伏，久久伫立着，默默地向亲人祷祝平安，直到孤云飘去，他才策马下山。

榜样的力量是无穷的。狄仁杰“代友远使”的事感动了他的上司

蔺仁基。这时蔺仁基正与司马李孝廉闹矛盾，互相攻讦，工作很不协调。狄仁杰走后，蔺仁基很是内疚，觉得自己职位比他高，年龄比他大，俸禄比他多，而思想、作风还不如他，实在有愧。他便主动找李孝廉交谈，检讨自己的不对，李孝廉也为之感动不已。狄仁杰"代友远使"之举划开了两人之间的坚冰，他们和好如初，还常对人说："狄公之贤，北斗以南，一人而已。"

到了天授二年，狄仁杰的官职地位又提高了许多。有一次武则天问他："当你在汝南时，办了许多好事，可是还有人告你。你想知道是谁告你吗?"狄仁杰赶忙说道："我如果有什么过错，陛下给我指出来，我就改；如果陛下知道我没有错，这是我的福分，不管是谁告的，他们都是我的朋友、师长，我都会好好对待他们，请陛下千万不要告诉我这些事……"精明如武则天这样的人，也不得不佩服这位"奇男子"、"大丈夫"。

狄仁杰以自己点点滴滴的行动，唱着一支充满爱心、充满友谊的歌，走到了生命的终点。他"代友远使"的行动，不仅为郑崇质送出了一份爱心，使郑崇质为母亲尽了一份孝心，而且他的辐射作用如春风化雨融解过如蔺仁基、李孝廉等许多人之间的坚冰，从而博得了人们无比的尊重，世人以"功之莫大，人无以师"来高度评价这位贤人。

左光斗和史可法

左光斗、史可法，是晚明政坛上两颗璀璨的明星。他们高洁的人格、斐然的政绩、纯真的友谊，是后人景仰的典范。

左光斗，字遗直，桐城人，万历进士，授御史。明光宗死后，他与杨涟同心协力，排阉官，扶幼主，后为魏忠贤所害，与杨涟同死于狱中，追赠为太子少保，谥“忠毅”。史可法，字宪之，又号道邻，河南开封人，崇祯元年进士。李自成灭明后，他在南京拥立福王登基，二日后，被拜为礼部尚书兼东阁大学士，史称“史阁部”。

左光斗比史可法大许多岁，但他们之间建立起了忘年之交。他们的相识、相交、相约，有一段曲折的故事。还在左光斗担任学政期间，一天，北风刮得很紧，天上飘起了大雪，责任感特强的左光斗，还是冒着严寒去视察前来应试的考生们的情况。他带着几个随从，迎着飞雪，经过一天的奔波，已经感到很累了。这时，刚好走过一座古寺，他见环境幽雅，便想进里面去避一避风雪。

推开虚掩的寺门，只见左边走廊的小房间里，有个书生趴在桌上打瞌睡，桌上还放着几卷文稿。左光斗顺手拿起来看，只见那文稿字迹清秀，且文辞精彩，不禁暗暗赞赏。他放下文稿，正想转身出去，忽转念一想，外面正下大雪，天气寒冷，这书生穿得这么单薄，岂不着凉？但见他睡得那么香，又不忍心叫醒他，便毫不犹豫地把身上的那件貂皮披风解下来，轻轻地盖在那书生身上，然后退出门外，把门

掩上。接着，他又把寺院里的和尚找来询问，才知道此人名叫史可法，是从河南来京城应考的生员，因为觉得寺院里安静，就在这里借住，每天早起晚睡，很是用功。左光斗是一个有心人，便把他的名字暗暗地记在心上了。

几天以后，考试结束，主考官左光斗坐在大堂上，审视着那群考生，当唱名到史可法时，一个面色黑黝、短小精悍、目光炯炯的青年站立在面前。左光斗一怔，心里在说：不错，果然是在庙里打瞌睡的书生。左光斗接过试卷看了看，当场就评史可法为县级考试第一名。史可法是何等的得意，这是他梦寐以求的理想。左光斗更是兴奋得难以形容，除了当场连连夸赞外，还鼓励他努力学习，把自己磨炼成一个对国家有用的人才。接着，左光斗又把史可法引入后堂参见自己的夫人，并说："我的几个儿子都是平庸之辈，将来能继承我志向的，一定是这个书生。"从此，史可法拜左光斗为师，他们之间的情谊，也随着时日的推移而加深、加牢。史可法家里很穷，左光斗就让他住进自己的府里，亲自指点他读书。有时处理完公务，他就走进史可法的房间里，兴高采烈地与他谈论学问，有时竟忘了睡觉。史可法在左光斗的严格要求和指导下，进步很快，后来考上了进士，还做过西安府的推官、户部主事、员外郎等。不管走到哪里，干哪行工作，他总是牢记左光斗的教导：上要对得起国家，下要对得起黎民百姓。

明光宗死后，左光斗与杨涟合作，力排阉党，扶幼主，一心一意想整顿朝纲，但明熹宗是一个昏庸透顶的人，他宠信宦官魏忠贤，让魏忠贤掌管东厂特务机构。魏忠贤凭借手中的特权，结党营私，卖官受贿，干尽了坏事。一些反对东林党的官员，都投靠到魏忠贤的门

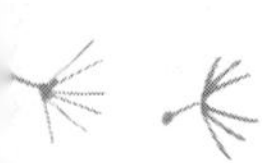

下，结成一伙，形成了历史上所谓的“阉党”。杨涟对阉党的胡作非为十分气愤，便大胆上了一份奏章，揭发魏忠贤二十四条罪状，左光斗也大力支持他。

这一来，可捅了马蜂窝，魏忠贤和他的阉党们勾结起来，诬说杨涟与左光斗是东林党人，罗织罪名，把他俩打入大牢，严刑逼供。史可法听到老师被捕以后受尽酷刑，急得团团转，不知怎么办才好，总想找个机会探监。阉党们把左光斗看管得十分严密，就是不让人进去探望。左光斗虽受尽了各种酷刑，始终不肯屈服。史可法听到老师快要被折磨死了，就不顾危险，用重金向狱卒苦苦哀求，只求见老师最后一面。

狱卒终于被史可法的诚意感动了，想法给他安排了一个机会。这天晚上，史可法换上一件破旧的短衣，扮成一个打扫垃圾的人，穿着草鞋，背上竹筐，手拿长铲，由狱卒带进了监狱。他走近一看，只见左光斗缩在墙角边，遍体是伤，血肉模糊，左腿的肌肉已经腐烂，露出了骨头，不禁一阵心痛，走近前去跪在左光斗面前，抱住他的腿，不断地啜泣。

左光斗虽然已无力睁开双眼，但从啜泣声中辨明是史可法来了。他吃力地抬起手，拨开眼皮，愤怒的眼光像喷火似的，压低嗓门，恶狠狠地骂道：“蠢材，这是什么地方？你还来干什么？国家的事已经糟到这个地步，我已经完了，你还不顾死活跑进来，万一被他们发现，将来的事谁干？”

史可法还是抽泣着不愿走，左光斗狠狠地说：“再不走，我就干脆收拾了你，免得奸贼动手。”说着，真的摸起身上的镣铐，作出要

砸的样子。史可法不敢再执拗，只得忍住悲痛，从牢房里退了出来。这悲惨的诀别，在史可法的心灵上烙下了一道深痕。以后，不管遇到什么事，也不管在什么时候，想起这惨烈的一幕，他总是禁不住泪珠滚滚，连连叫喊道："我老师的心肠，真是铁石铸成的啊!"

史可法的性格和意志，又何尝不是铁石铸成的呢？作为一个效法左光斗的人，史可法的步履同样坚定有力，他的声音同样铿锵感人，他的事迹同样光照人间。

陈子方和闵仲达

史载京口（今江苏丹徒）的一个小山村里，有一对忠诚无间的朋友，他俩一个叫陈子方，一个叫闵仲达。还在很小的时候，两人就成了好伙伴。他俩一同上学，一同做功课，一同游玩，形影不离，就像亲兄弟一样，彼此之间更没有猜疑和嫉妒，是大家夸赞的好伙伴。

为了向仕途冲击，他俩在学舍里度过了几年艰苦的日子。这时的同窗之谊，仍然朴素无华，没任何雕琢和虚饰，唯有拳拳的同乡加同学之情。然而，随着年龄的增长，他俩的心事也多了起来，特别是闵仲达的潜意识里，萌发出要超越陈子方的念头。

公开的竞争，才是最公平的。朋友之间的公开竞争，是推动彼此进取向上的动力，也是无可非议的。但闵仲达却偏离了公开竞争的航道。当他俩走进考场的时候，出现了陈子方意想不到的结果。

按理说，考试是严格的，考试制度是公平的，应考者临场发挥得怎样，自然是录取的依据。然而，这时的闵仲达却开始了玩手腕、使心计的伎俩。本来按真实成绩，陈子方是优于闵仲达的，而他却落榜了。对于这一点，陈子方心里十分明白，但他没有后台，没有活动能力，只能忍气吞声。不过他没有气馁，他懂得失败者并不屈辱的道理。生命的荣耀，在于跌倒了还能爬起来。从苦难中磨炼自己，在奋斗中实现自我的理想，才是真正的强者。他决心把这次不公平的竞争，当作自我奋斗的动力，让青春书写无悔的人生。

朋友当官去了，他就一个人埋头读书。在陈子方的生活乐章里，没有失败的音符，也没有克服不了的困难，更没有消除不了的疑团。艰苦的磨炼，深入的探究，使他的书读得越来越精、越来越广了，人品也越来越好，具备了向上冲杀的本领。

3 年以后，他与另一位朋友相约赴京参加考试，他的成绩果然十分突出，受到京师达官贵人们的一致保荐。不久，他被派往浙江任职。早已供职于浙江的闵仲达，虽经过多年的经营，这时也才担任“掾宪”。当他听说陈子方获得了一份比自己高得多的职位时，心里很不是滋味。他拷问自己的良知，几许羞愧让他烧红了脸，觉得自己无脸再见故人。

“学问深，意气平”。陈子方在潜心做学问的日子里，也同时加强了自身的修养。他早已把那场不公平的竞争抛于脑后了，到任后不久，便去探望闵仲达，希望与旧友共叙家常，加深友情。然而，他登上闵仲达府第的时候，却遭到了拒绝。门卫以“主人有病，谢绝会客”为由，打发陈子方走了。这样反复几次以后，陈子方才明白，这是闵仲达找借口，是怕自己再提起从前的事。经过反复的思考之后，他决心以赤诚的心去化解闵仲达心头的疑虑。于是他再次去拜访闵仲达，并坦率地向门卫指出：老友远道来见，哪有拒之门外的道理；现在，朋友病了，更有理由探望病友，即使为他端汤拿药，也是应该的。说完，不由门卫分说，便撞了进去。

闵仲达由于心中有病，愧见老友，但事已至此，只好硬着头皮走了出来。陈子方见此，便坦率说出了自己的想法。他拉着闵仲达的手，一起回忆过去的岁月，并告诉闵仲达，他认为同窗好友是一生中

最难得到的真情和缘分。曾经共度的读书时光，是生命里弥足珍贵的浪花，只能珍惜，决不能毁灭。因为那是用童心唱出的歌，用质朴绘成的画，用坦荡铺成的路，是心灵上开出的迎春花。尽管它有时不算健康，不算完美，那是稚嫩造成的，是坦然的流露，决不能因此冷淡往昔的感情……

疙瘩解开之后，这对老友重新握紧了手，儿时的欢乐又涌上了心头。两人相约道："现在我们同在杭州任职，彼此难免有疏忽的地方，我们应该彼此提携、约束，时刻提醒对方，牢牢把握好航向，这样，才算没有辜负往日的苦读，才算没有辜负往日的交情。"

从此，一有闲暇，他俩就相约出游，或漫步于长堤，或荡舟于湖上，诗酒酬答，其乐融融，往昔的芥蒂已经无影无踪了，而心灵之间搭起的宽容之桥，风光正好。

生死之交

后汉时，有一个人叫朱晖，他读太学期间，结识了朝廷重臣张堪，两人甚为投缘。

张堪对朱晖的才学和人品非常赏识，又恰好是同乡，有意提携他，被朱晖婉言谢绝了。但张堪一心把他当作知己，推心置腹地对朱晖说："你真是一个自持的人，值得信赖，我愿把身家与妻儿托付给你。"面对张堪把他当作生死之交的话语，朱晖心里非常感动，却只是恭敬地答道："岂敢，岂敢。"

朱、张二人挥手作别后，便失去联络，再没有碰面。后来，张堪死了，他为官清廉，死后也没有什么丰厚的遗产，家人的生活顿时变得窘迫起来。朱晖知道后，便全力接济张堪的家人。

朱晖的儿子不解："我们以前没有听说过你与张堪有什么深交，你为什么如此厚待他的家人？"朱晖说："张堪生前，曾对我有知己相托之言，我嘴上虽然未置可否，心中已经答应了。""既然你们互为知己，为何常年不见往来？"朱晖答道："当初他身居高位，并不需要我的帮助；如今他离去了，家人生活得很不好，才需要我这个朋友出面帮忙呀。"

后来，朱晖做到尚书令。他时常对儿子说："你们不一定要学我如何做官，但不妨学我如何做人。"

10岁女孩董玉培

初见董玉培的时候，怎么也想不到，这个瘦弱的10岁女孩，在地震中不仅自己逃生还救助两名低年级的学妹。还有些惊魂不定的董玉培在病房里向记者讲述了她勇救学妹的经历。

董玉培原本在四川省汶川县威师附小读书，3个月前转到映秀镇小学读四年级。地震那天，董玉培她们班正在二楼的教室上科学课，当时上课的老师是胡老师。课上到一半的时候，楼忽然抖动了起来，同学们还以为是有大型的货车经过，所幸正在上课的胡老师意识到了这是地震，赶紧冲同学们大喊："地震！快跑出去，快！"董玉培和同学们这才慌乱起来，连忙向外跑。

当她跑到走廊的时候，楼房就坍塌了，董玉培随着走廊重重摔倒在地上。董玉培说起当时的情况，眼睛里充满了恐惧，她说当时摔下来的时候脑子一片空白，过了一会，当意识到自己还活着的时候，董玉培发现自己肚子边趴着一个同校二年级的女同学，该同学头部的鲜血染红了一大片废墟；同时，自己的左手边也躺着一个女同学。董玉培活动了一下四肢，发现右肩膀剧烈疼痛（后来医生检查是肩膀脱臼），其他的感觉很正常。董玉培连忙使劲推开自己身边的一些小水泥块，连滚带爬地从废墟里钻了出来。

出来后的董玉培发现往日那个熟悉的校园已经彻底地改变了模样，到处是废墟和喊救命的声音。董玉培这个时候发现刚才和自己压

在一起的两个女孩子还没有出来，她又爬到自己刚才脱险的地方，压在自己左手边的那个女孩正在向外爬，但是双脚被卡在两个大水泥块之间，越使劲爬，卡得就越紧，她根本无法逃脱。一旁的董玉培看到了她的脚被卡的位置，她小心地将这个小女孩的脚从水泥的缝隙中抬高然后拿了出来，接着忍着剧痛用自己的左手将这个女孩子拖了出来，拖到安全地带。救出这个学妹之后，她又去摸了一下躺在自己肚子边的那个女孩，发现女孩子一动不动，头部流着鲜血，但是身上还有体温，于是她又奋力推开这个女孩身上的一些水泥块，将她也拖了出来。但是把这个女孩拖出来以后，董玉培就发现她已经没有呼吸了，身体也慢慢冷却并开始僵硬，这个女孩在这场地震中失去了生命。

说到这里的时候，董玉培又流泪了，她说自己转到这个学校上学还不到3个月，周围的老师同学还认不全就发生这样的意外，尤其是听说那个疾呼“同学们，快跑”的胡老师已经遇难，她实在太难受了！

董玉培的妈妈告诉记者，董玉培的头部受到了挤压导致额头和眼睛受伤，大腿的肌肉和右肩膀也有伤。值班的护士告诉记者，目前这个救人的小英雄伤情稳定，医生正在给她做进一步的检查治疗。

地震小英雄林浩

脸上，擦伤的痕迹依然很清晰；头顶上那块鸡蛋大小的疤，头发还没有长出来。眼前这个虎头虎脑的小男孩，就是救了两名同学的小英雄——林浩。

6月7日，在四川省资中县的一个村子，记者见到了正在和其他孩子玩耍的林浩。

9岁的林浩，是汶川县映秀镇中心小学二年级的学生。这几天，林浩爸爸带着他来到资中，看望身患重病的爷爷；而林浩的妈妈，还在映秀镇当志愿者，为受灾群众做饭。

学习成绩很好的林浩，一直是班上的班长。

地震发生的那一刻，班上正在上数学课。林浩刚跑到教学楼的走廊上，就被楼上跌下来的两名同学砸倒在地。

“那个同学压在我背上，我怎么都动不了。当时，垮下来的楼板下，有一个女同学在哭，我就告诉她，不要哭，我们一起唱歌吧，大家就开始唱歌，是老师教的《大中国》。唱完后，女同学就不哭了。后来，我使劲爬，使劲爬，终于爬出来了。”

逃出来的林浩，并没有跑开，而是去救还压在里面的同学。“爬出来后，我看到一个男同学压在下面，我就爬过去，使劲扯，把他扯了出来，然后交给校长，校长又把他交给他妈妈背走了。后来，我又爬回去，把一个昏倒在走廊上的女同学背出来，交给了校长，她也被

父母背走了。”

说起自己救人时的情景，林浩显得很镇定，稚嫩的童声中，还带有几许乡音。

连续救了两个同学的林浩，再次跑进教学楼救人时，遇到垮塌的楼板，又被埋在了下面，“我使劲挣扎，后来，是老师把我拉出来的。”

说起自己身上的伤，林浩说：“我开始爬出来的时候，身上没伤，后来爬进去背他们的时候才受伤的。”

林浩所在的班级共有 32 名学生，在地震中有 10 多人顺利逃生。这其中，就包括林浩背出来的两个同学。

被问到为什么去救人时，林浩平静地说：“因为我是班长！如果其他同学都没有了，要你这个班长有什么用呢?”

林浩的父母一直在外打工，林浩和外公外婆住在一起。小小年纪，林浩会做很多家务，还会做饭。

父亲林大坤告诉记者，因为是班长，林浩一直管着教室的钥匙。每天早上 6 点，闹钟一响，他会准时起床，自己炒碗蛋炒饭吃，然后走半个小时山路去上学，“他从来不迟到，说要是迟到了，同学们都会在外面等”。

救完同学后，林浩一直没找到自己的父母，直到 5 月 21 日，才和在汶川县草坡乡打工的父母联系上。

在映秀留守了两天后，表妹和两个姐姐找到了他，姐弟几个与映秀镇的群众一块，开始往都江堰转移，“我们走了 7 个小时，走的全部是桥下面的小路，路上只歇了一会儿，一直都在走”。

从都江堰被安排到成都后，林浩和其他同学一起，被安置在四川儿童活动中心。知道了林浩的事迹后，那里的人都叫他“小班长”。

中心的老师告诉记者，刚到中心时，林浩被送到成都市儿童医院进行检查，所幸只是额头和右手有些擦伤。检查完后，林浩不用救助站老师帮忙，自己翻身从床上爬起来，迅速穿好衣服，走出了医院。“真不敢相信，就那样一个小娃娃，居然比很多大人还坚强。”很多人都这么说。

在儿童中心的几天，林浩生活得很好。志愿者叔叔每天都会用热毛巾为他热敷受伤的部位，还交了很多新朋友，“我们每天都一起上课，我最喜欢上体育课，可以学跆拳道；我还很喜欢白老师，他是个志愿者”。

“六一”儿童节，林浩和另外几名灾区小朋友一起，到北京参加了儿童节活动，还参观了奥运场馆。第一次离开大山的林浩，觉得一切都很新奇。

林浩告诉记者，地震后，他就没见过班上的同学，“我很想他们，很想上学。以后，我要当工程师，要造震不垮的房子”。

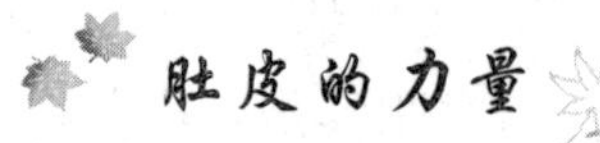

肚皮的力量

一个15岁的孩子有多大的力量？

一个在地震中受伤的15岁孩子能做什么？

“我把她藏在我的肚子下面。”“我使劲掐他，我们还一起唱《团结就是力量》。”甯加驰说。

甯加驰，都江堰聚源中学初三（2）班的学生，15岁。2008年5月12日下午2时28分，汶川大地震中，甯加驰被掩埋在坍塌的教学楼废墟里，埋在他身边的还有一男一女两位同学……

那天下午，甯加驰和同学们正在上物理课。他们的教室在二楼。突然，一阵轰隆轰隆的声音从脚底传来，教室开始左摇右晃，还没来得及多做什么，甯加驰和大部分同学就被坍塌的教学楼掩埋了。

“我要活！”甯加驰被掩埋在废墟里，双膝跪在地上，左手被死死地压着，丝毫不能动弹，头也不知道被什么东西紧紧压住，无法呼吸。在离他3米远的地方，一堆相互架起的预制板之间露出了一个可容一人出入的洞。出于求生的本能，甯加驰不停地扭动脖子，左脸擦破一块皮以后，他终于将头侧了过来，鼻子可以自由呼吸空气了。

还来不及平静一下，一个惊恐的声音从甯加驰右边传来。“甯加驰，救救我。”说话的是甯加驰的同班同学曾婧。自己都动弹不得了，还怎么救同学呢？“那你到我肚皮底下来嘛。”想不出更好的办法，甯加驰伸出能活动的右手，帮助曾婧一点一点移动过来，躺在自己蜷起

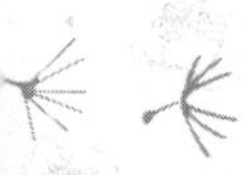

的膝盖和肚子之间的空隙里，希望这样能给她一点力量，“我摸到她的头发，全部都是湿的，可能头受伤了，全部都是血”。

5 个小时以后，5 月 12 日晚上 7 时许，甯加驰被人从废墟下救了出来。“我给她爸爸说，曾婧就在我肚皮底下藏着的，没得事。”甯加驰说，在他被救出来之前，曾婧就已经被救了出来，送往了医院，她还听到曾婧对她爸爸说，自己的脸被擦花了。她是活着被救出来的。

“先是听到周围有人在叫，像牛叫一样。祝祥也叫了一下。”刚被掩埋时，甯加驰的头靠在一个男同学的屁股上，这个男同学就是祝祥。其身体的上半部分被压住，动弹不得，但是还能和甯加驰说话。

为了忘记身体的疼痛和减少心里的恐惧，甯加驰和祝祥开始有一句没一句地聊起来。聊着聊着，祝祥逐渐迷糊起来，声音越来越低，最后竟毫无声息了。这是一个不好的预兆，怎么能让祝祥保持清醒呢？甯加驰急中生智，赶紧掐了祝祥一把，祝祥有点反应了。得到鼓舞的甯加驰一边一下接一下地掐着祝祥，一边喊着祝祥的名字，直到祝祥再次开口说话。

“我就给他说，我给你唱歌嘛。”甯加驰说，他本来就很喜欢唱歌，当时脑子里灵光一闪，就唱开了，一首接一首地唱下去，既给自己壮胆，同时又可以刺激祝祥，让他保持清醒。后来，甯加驰的歌声不能再让祝祥保持清醒了，他又一点一点地迷糊起来。“他一有点晕了，我就开始掐他，最怕他晕了。”甯加驰说，祝祥再次醒来时，他就让祝祥和自己一起唱歌，一遍一遍地唱，翻来覆去地唱，唱的最多的就是《团结就是力量》。“我们是同学嘛，想大家都活着。”

祝祥也是先甯加驰一步被救出废墟的，送往了郫县的医院救治。

7天了，从地震现场被救出来已经7天了，甯加驰的病情逐渐好转，也逐渐接受了同学、老师遇难的事实。现在，甯加驰有两桩未了的心愿——考进都江堰中学读高中，继续打篮球。

“他喜欢读书，成绩一直是班上的前十名。老师说，他考都江堰中学没得问题。”看着病床上的儿子，张洪英说。地震前的一次月考，甯加驰考了500多分，不出意外的话，实现理想完全没有问题。至于甯加驰的另一个愿望，张洪英说，从小到大，甯加驰就是班上的体育委员，体育考试从来都是满分，篮球更是他的最爱，昨天，他的一个老师来看他，他还在喊老师约几个人一起打篮球。

至于甯加驰的手能否完全恢复，还要看进一步的治疗效果。不过，一个可以战胜对地震的恐惧实施自救、再救人的小伙子，一个对前途有着明确规划的小伙子，一个对生命极度热爱的小伙子，有什么困难是他不能战胜的呢？

19日下午4时许，在辗转寻找了6个小时以后，记者在西区医院找到了曾婧。小姑娘的左脸受伤，伤口一直从额头延伸到下颌，伤口处布满了密密麻麻的缝合线，看得人心惊。另外，她的胸部和脚部也多处受伤，尤其是胸部的伤比较严重，导致她现在都不能平躺着休息。

听说记者曾见到甯加驰，曾婧的眼睛一下子蒙上了雾气，不停地问着甯加驰的状况。“我想去看他。”曾婧说，地震后，她、甯加驰、祝祥三个人，已经不仅仅是同学了，更是生死之交。不过，由于伤势影响，甯加驰和曾婧现在都不能出院，两人见面的愿望暂时还不能实现。庆幸的是，记者的相机里存有甯加驰在医院的照片，如果两个人

看着照片，打个电话，这也相当于见面了，不是吗？

“你好吗？”“你怎么样？”不约而同，劫后余生的第一句对话，甯加驰和曾婧都是问对方的现状。“你遭埋了，还在唱歌。”曾婧开始在电话里打趣，电话那头传来一个略带羞涩的笑声，曾婧的脸上也露出了难得一见的笑容。“听说我们班的同学被救出来22个。”曾婧在电话里说，她希望在所有这些幸存的同学都出院以后能组织一次聚会，这将是一次经历过生死的聚会，她希望所有活着的初三（2）班同学都不缺席，“我想，这个聚会上，我们见面的第一件事就是哭，相拥而泣”。

友 谊

小东、小南、小西、小北4个女孩是好朋友。从初中到高中，从高中到大学，4个好朋友形影不离，不管缺了谁就像一只漂亮的碗缺了个口子一样地不完美。十几年的时间不但为她们储蓄了丰富的知识，也为她们储蓄了深厚的感情。彼此关怀，彼此信任，彼此倾诉。生活就像一张美丽的大网，而4个女孩就在美丽的大网里编织着精彩的人生。

转眼大学毕业在即，眼看就要各奔东西，女孩们恋恋不舍，可天下无不散之宴席，十几年同窗终须一别。到了临别的那天晚上，4个女孩决定每人写上一句祝愿的话，放在一个罐子里，埋在她们经常去学习、玩耍的那棵大树底下，等到以后4个人聚在一起的时候，再把它挖出来看看那些祝愿是否成真。罐子埋好以后，怕被别人发现，女孩们又在上面铺了一层树叶，而后4个人抱头痛哭了一场。

光阴似箭，一晃8年过去了。女孩们都已为人妻、为人母，同时也在各自的公司中担任着重要的角色。在这8年中，她们从没见过面。也许是生活的压力太大、工作的竞争太激烈，时间对她们来说变得尤其宝贵。在紧张忙碌的生活中，友谊渐渐地被忽略，大树底下的祝愿也越来越模糊。

一次意外的机会却又让4个女孩碰到了一起。一位海外华侨要回国内投资，准备在自己的母校召开一个竞选会，届时将会在其中挑选

一个公司作为投资对象。

小东、小南、小西、小北同时接到了这个消息，她们都对自己充满了信心，况且华侨的母校正是她们的母校。4个人带着自信与难以抑制的兴奋踏上了去母校的路。

4个人没想到再次相逢竟是这样尴尬的局面，一下子有些无所适从。但眼看着离竞选会的日子越来越近，她们也顾不得重拾母校的风采与昔日的友谊，各自忙着准备材料。她们的认真、仔细、真诚也着实给华侨留下了美好的印象。可是投资的对象只有一个呀，4个人都陷入了极度的烦恼之中。

在竞选前一天的晚上，她们又聚到了一起。四人沉默不语。本来都想让其他3人把机会留给自己，可到了一起却怎么也说不出口了。最后还是小南提议说：还记得当年那棵大树下的祝愿吗？不如我们先打开看看吧。大伙都同意。于是趁着皎洁的月色，她们又来到了那棵大树下，大树依旧。4个人一起动手把罐子挖了出来，打开，又把一张张纸条打开。4个人都震惊了，因为每张纸条上写着的竟是同一句话："愿我们的友谊天长地久。"那一夜，4个人又抱在一起痛哭了一场。

半年以后，小东、小南、小西、小北4个好朋友各自辞了职，成立了一家东南西北联合公司，这家公司正是那位海外华侨投资的。

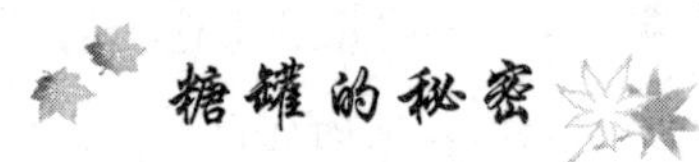

糖罐的秘密

上高中时，我们学校坐落在清江边上的一个小村子里。宁静的村落三面临水，四季风景如画，如同古人笔下的世外桃源。但也极其偏僻闭塞，周围疏疏落落全是民居，连买一根针也非要上10里外的小镇不可。

这可苦了我们这群高三的可怜虫们。读书实在太耗心智了，以致整天唯一的感觉就是饿，连睡梦中都是各种各样令人垂涎的好吃的东西。不知是谁冰雪聪明，带来一罐糖来，是那种黄亮如金、细软如沙的黄砂糖。

于是，寝室里便流行罐装的黄砂糖。12个糖罐，恰似我们12个女孩子，亲亲热热地排成一排。临睡前，美滋滋地喝上一杯热腾腾的糖水，月儿便甜甜地照进梦乡。

唯独秦霜是不大喝糖水的。因此她那个青瓷陶罐里的糖比起我们的总是又多又满。每晚，当我们一边啜着糖水，一边叽叽喳喳地品头论足，或嘀嘀咕咕地发着牢骚，或嘻嘻哈哈地相互取笑时，秦霜总是在灯下读着她那本似乎永远也读不完的小说。问她为什么不喝，她说："坏牙齿！"

后来有人跟我咬耳朵，说秦霜的糖罐根本只是做做样子罢了。她自幼父母双亡，跟着年迈的外婆一起过活，学费都交不齐，哪还有闲钱买糖吃？她那一罐糖，吃了再没添的，又怕人瞧不起，就胡说什么

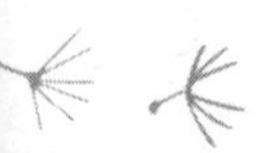

坏牙齿的鬼话！我听了只觉心头一紧，说不出的悲凉。

一次下课间操，口渴了，我匆匆忙忙回寝室找水喝。经过寝室门前的花坛时，不经意地向寝室的窗户一瞥，却见秦霜正狼吞虎咽地吃什么东西，不由一惊。细细看，竟是在吃糖呢！她挨次从每个糖罐里舀上一大勺，大口大口地往嘴里塞。

我看得目瞪口呆。可不知怎的，慢慢地，所有的惊讶、愤怒、鄙夷都渐渐散去，两行温热的泪却无声无息地淌下来，滴落在那暗香袭人的花丛中。我悄悄地离开了那扇窗户，贼一样地潜回教室。

晚饭后，待寝室人走得一个不剩，我一跃而起，飞快地闩上门，拉上窗帘，一把抱起我的糖罐，先给另外的几个逐一补上一大勺糖，然后，将剩下的通通倒进那个青瓷糖罐。又从箱子里抽出一袋糖，倒入自己的空罐儿。胆战心惊地忙完这一切，我狂跳不止的心才慢慢平静下来。

前不久，我收到了一封寄自深圳的信，信是这样写的——

"晓琴：

你一定还记得那个糖罐儿吧，那是我外婆的嫁妆，据说还是宫廷里的东西。现在，居然有人愿出 5 万元买它呢！我舍不得出手，因为你倒进去的糖，远远不止这个数儿。"

那个偷糖吃的女孩儿，她其实觉察到了花丛中的那双眼睛——那双世界上最纯最美的眼睛。因为它的注视，那个差点成为小偷的女孩，在后来充满苦难的岁月里，却再也没有妄动过。

不用说，这封信是我多年的挚友——现任深圳的一家电脑公司执行总经理的秦霜寄来的。

你是我的左耳

（一）

上高一时，我第一次见到阿艺是在我们学校文化艺术节的舞台上，他唱了一首陶喆的《寂寞的季节》。原本是一首安安静静的歌曲，但在开场时他却加上了一段极不协调的机械舞，我在后台真不知道说什么好。而且，他唱了没两句就开始跑调，要知道，我的节目就在他之后，我要唱的是潘玮柏的一首快歌。他把慢歌折腾成了快歌，我是不是也要把快歌演绎成“蜗牛爬”？我实在对他没什么好感。

那天晚上，我在校门口等一起回家的同学，阿艺从车棚里骑车过来，拍了一下我的肩膀，笑着打招呼说：“你的歌唱得不错，就是动作太僵硬了。”说完，他飞快地蹬着车子闪人了。

嗯？这话从何而来？我立刻骑上车子去追他。在街角，我用车子截住他问：“你的话什么意思?”“就是说，你的歌和身体动作不协调……”他扬着脸说。原来，他第一次见我，也是十分不顺眼。

平常就喜欢唱歌的我，歌声是没什么问题的，但据他所说，我的动作十分招人厌，至少招他讨厌——当时，我右手插在屁兜儿里，左手不停地在胸前打着节奏，小拇指上还戴着一个闪闪的尾戒。

两人互“夸”了半天之后，我们勉强下了一个让彼此都可以接受而且很给自己长脸的结论：都怪那时太青涩。

我们就这样“不打不相识”，打破了彼此间的陌生。之后，每次

在学校遇到，我们就会打个招呼。慢慢地，两人的话也越来越多，后来就演变成一起回家，成了朋友。

所以说，造化弄人，或者用更流行点的话讲，缘分到了，拦都拦不住。

（二）

高考前夕，大家的神经绷得很紧，几近崩溃，所有的人都像是一只被压抑许久的狮子，随时都会爆发。我当然也不例外。那段时间，我就像是吃了火药一样，因为一点小事都会和阿艺翻脸吵架。我们的兄弟情受到前所未有的考验。

有一次，我模拟成绩十分不理想，莫名其妙就将一股怨气撒到了他身上。我本以为矛盾升级在所难免，可是没想到，我得到的是一个轻松的微笑。

他只淡淡地说了一句："现在心情好点了吗？我们去喝点东西吧。"

他的反应让我感到很意外，一时之间不知该怎么办。

他说："每个人在这个时候都是有很大压力的，这点你我都知道。今天我没有和你一样发火，不是因为我对你的莫名其妙不生气，而是因为我知道你没考好，压力一定比我大，我怎么能给你雪上加霜呢？"

这样一席话，真的让我无地自容。但我没有收敛，终于在随后的一天惹毛了阿艺。

那天，阿艺和我说，他在学校和老师吵起来了。还没等他说完，我就对他说："你怎么能和老师吵架呢？这样是非常不好的……"阿艺起初什么话都没有说，但最后终于忍无可忍，他对我说："明明是

老师的误会造成的问题！”我慢慢听他把事情说完，才知道刚才责怪他是多么愚蠢。阿艺对我说：“我希望得到的是你的理解。”一句话说得我心里那叫一个不是滋味儿。打这之后，我学会了做一个倾听者。

一次吃饭时，阿艺对我说：“最近很少听你喋喋不休地发表你的‘正义言论’了。”“因为我现在知道了，人与人之间做一个倾听者是首要的，学会倾听才能让彼此更加亲近，我也不想因为我的臭毛病弄得咱俩不开心啊。”我笑着说。

不可否认，我是一个脾气暴躁的人，生活中遇到不顺心的事情，总是不分时间、地点地乱“咬”人。但是，阿艺每次都能理解我，在我变身为“疯狗”的时候，送上一支镇静剂。

有这样的兄弟，真的会让人感觉到生活的乐趣。或者说，认识他是我三生有幸。

（三）

世界上没有完美的人，阿艺有时候也让人十分头疼。他对于生活中的很多小事总是很不在意，加上他本身又是一个慢性子，有时候真的会让人火冒三丈，甚至有些抓狂。

有一次，我们约好一起去郊游。前一天，两人在电话里兴致勃勃地讨论第二天的出行计划，然后道晚安。

第二天早晨5点，我按照约好的时间到达见面的地点，等了半个多小时都不见阿艺，打手机也只有一个甜美的女声温柔地说“您拨打的电话已关机”，大清早的我又不好意思往他家里打电话，只好不停地来回踱步，心中不由地升起一丝不悦。

等到我远远看到一个人影跑来的时候，已经是一个小时以后的事

了。我实在是无法理解这样的行为，因为这样的事已经不是一两次了。在他的一再道歉下，我们虽然还是按照原本的计划去游玩，但一路上大家并没有预期的那么开心。

不过，经历了这次不愉快之后，阿艺开始改变自己。虽然偶尔的迟到还是让人很恼火，但是从一个小时到半个小时，从 10 分钟到 5 分钟，最后准时甚至提前到达，这样的变化让人十分欣慰。当我问及他时，他只说："我不想因为我的磨蹭让彼此不愉快，所以必须改变自己。"

那个夏天我们无比放纵，因为我们大学毕业了。酒瓶空了无数，年轻是不需要理由的，更何况告别。阿艺义无反顾地去了西安，那个他眼中梦一般的城市，如他所说，出去是为了更好地归来。既然如此，我做了一个守望者，在这片热爱的土地上守望。

（四）

如今，虽然我们在不同的城市生活，但很多时候，遇到困难都会打电话给对方，送上一句问候，询问彼此的境况，讲述自己的烦恼和困惑，在对方那里寻求帮助和理解。虽然一年都没有什么见面的机会，但是我们却觉得彼此的联系变得更加紧密。

每到过年的时候，我都会去车站接他。然后，一起喝酒，吹牛……像以前一样，当傻傻的我跑去付钱的时候，老板笑嘻嘻地说："你的兄弟已经付过了。"

接着，我们跑到大学里去踢球。踢上一整天，骨头都快散了，可是很开心。每次踢球，我们都当作节日般乘兴而去，尽兴而归。球破了一个又一个，球鞋坏了一双又一双，日子过了一天又一天，唯一不

变的，是我们的兄弟情。

以前，我一直都把阿艺当成需要我照顾的小男孩看，但现在，他有了自己的思想，自己的价值观；以前，都是我在告诉他做人的学问，在他面前一副兄长的样子，但是今天，我要谢谢他，告诉他我在他身上也学到了很多。“因为有了你，我学会了宽容、放下了倔强，学会了倾听、放下了自负，学会了忍耐、放下了傲慢。谢谢你的提醒，你的忍耐，还有你的理解。”

好兄弟，人生的路还很长，未来的路上，我们一起加油！

上帝的小鸭子

我的女士，我只是路过顺便向你问声好

三年如一日。

2006 年初夏这一天，爱德华·霍克本惯常地坐在公园的那条长椅上。夕阳的余晖疲惫地照在茂盛的草地上，霍克本发现长椅的另一头多了一个小小的身影。让他惊奇的是，那个影子看起来比他更孤独。那是一个看上去不到 10 岁的东方女孩，苍白、瘦弱。在炎炎夏日，她却把自己裹在严实的衣服里。

霍克本被一种久违的温情牵动，在他模糊的记忆中，他的儿子也曾经这样脆弱过。他清了清嗓子：“你要不要打秋千？我可以从后面推你。”

小女孩慌乱地抬起头。老人试图靠她近些，可还没等霍克本落稳身体，她已经逃遁而去。

第二天，他们又在同一个地方、同一张椅子上相遇，女孩还是与昨天同样的装束。这一次老人拿出了口袋里的手帕，自顾自地叠成一只“香蕉”，然后煞有介事地“吃”了起来。女孩盯着看了一会儿，终于笑出声来。霍克本趁机把“香蕉”送到她面前：“女士，来点下午的甜点怎样？”女孩果真接过了“香蕉”，大口“吃”起来。

这一老一小很快成了朋友。霍克本知道了她叫刘圆圆，就住在他公寓的楼上。她的妈妈在中国餐馆打工，爸爸因交通事故一直住在医

院里。圆圆两岁时跟随父母从中国湖南省来到加拿大，对故土几乎没有记忆。她把自己裹在衣服里的原因是她从出生起就患有一种叫艾里克斯综合征的罕见免疫系统疾病，只要碰见空气中的蛋白物质，身体就会产生一种叫蛋白质 E 的特殊抗体，这种抗体附着在身体的细胞里，只要再次遭遇过敏源，就会产生一种化学物质，当这种化学物质通过汗液排出体外时，气味会很难闻。

“在学校有人叫我臭鱼小姐，我每天把自己泡在浴缸里也没用，我还是一只臭鱼……”

霍克本在她的眼泪里看到了似曾相识的绝望，那绝望曾经属于他的儿子。

当晚，他把电话打到了华盛顿，向一位医学权威朋友询问有关圆圆的病情。朋友告诉他，这种疾病在全世界发现不到 30 例，而且毫无治疗方法。患病的大多是孩子，病因多是由于父母基因的染色体不合。更要命的是，空气中存在的任何物质都可能成为导致患者整个免疫系统瘫痪的过敏源，也就是说，随时随地的任何一样东西，都可能夺走圆圆的生命。

当晚，霍克本按响了圆圆家的门铃。当孩子的脸出现在他的眼前，老人颤声道：“我的女士，我只是路过顺便向你问声好。”

爱德华·霍克本，曾是加拿大新斯科舍省会哈里费克斯市某著名大学的知名数学教授。

20 年前，他热衷功名而忽略了家庭，妻子提出离婚，身患社交恐惧症的独生子自杀。对生活失去任何想法的霍克本变卖家产，开始了近 20 年周游北美的流浪生活。老迈之后返回故乡，在一个偏僻的公

寓里安定下来，靠微薄的年金度日。

上帝啊，我就知道我不是魔鬼的女儿

一个星期后，霍克本在自己家里用最好的烤羊腿招待圆圆。

他们都被一条电视新闻给吸引住了："近几日内将有一万只来自中国的塑料玩具漂至萨布雷岛。这只鸭子舰队于1992年从香港驶向美国时，在国际日期变更线附近遭遇风暴……这批勇敢的小鸭子，载着来自遥远东方的传奇……"

新闻播完了，圆圆盯着电视发了一会呆，然后突然跑了出去。几分钟后，她带着一只恐龙陶罐回来，气喘吁吁地说："这是我全部的财产！我因为不能坐飞机所以不能回国，如果能找到来自我家乡的鸭子们，哪怕只有一只，我都不孤独了。"

霍克本问："圆圆，你想拥有一只这样的鸭子吗？"

圆圆的脸扬了起来："一定是上帝给了它们力量！这些鸭子穿越了连魔鬼都不敢穿越的北极圈。如果我有了一只上帝的小鸭子，我就能向同学证明我不是中国魔鬼的女儿。"

霍克本觉得自己的心被重重敲打了一下。他蹲下身，柔声道："圆圆，但是这之前我必须要跟你的妈妈好好地谈一下有关你的健康问题。"

第二天一早，霍克本在睡梦中被圆圆的拍门声给惊醒。他惊讶地看见她手里拿着一个小小的旅行袋，声音里有着从没有过的阳光："我妈妈同意了，她说她认识霍克本先生，知道您是一个好人……"霍克本还是迟疑着："圆圆，把你妈妈的手机号给我。"

圆圆告诉他，她妈妈的手机已经欠费停机了。霍克本试着打一

次，果真不通。无奈，霍克本只好做了简单的行装准备工作，就带着圆圆上路了。他们从哈里费克斯出发，坐了3个小时的轮渡到达了萨布雷岛。萨布雷岛被称为大西洋里的一颗珍珠，一直以旅游业闻名于世。他们到达岛上时，不巧正赶上风暴，霍克本决定先在一个海边的小旅店里安顿下来。

霍克本租了一辆车，因为根据媒体的推测，按照海流的流向，鸭子们最有可能靠近的虽然是旅店附近的加密所湾海岸线，但由于昨夜的风暴影响，有部分鸭子率先被冲进5海里外的凹型海域，那里是一片无人区，海岸周围只有稀疏的几块苹果园。霍克本曾经到过那里，他知道路线。他们开车经过加密所湾的时候，发现那里已经挤满了媒体和闻声而来准备淘宝寻鸭的人们。圆圆看着窗外，眼中露出了担忧。霍克本开朗地安慰她道："放心吧，圆圆，没有人可以抢在我们前头见到那些鸭子的。"圆圆好奇地问为什么，霍克本说道："因为昨夜我在梦中跟上帝有个简短的谈话，他说为了满足圆圆这个小天使的愿望，他一定会留给你一只小鸭做朋友的！"

圆圆惊讶地呼叫起来："他真的叫我天使吗？他真的这样承诺了吗？"

霍克本点头。圆圆用了好长时间才平静下来，说："我的上帝啊，我就知道我不是魔鬼的女儿！不是！"

也许是小鸭子们还没有扭转情绪

他们在无人的海边一直等到了黄昏，随身带的三明治和饮料都已告罄，海面上还是没有鸭子的身影。霍克本试图说服圆圆先回旅店休息，但圆圆坚持道："上帝一定会遵守承诺的，如果我不在这里，那

上帝该多失望啊！”

一老一少饿着肚子守到了晚上9点。虽然是夏季，但孤岛的夜晚还是潮湿又清凉。霍克本把圆圆安顿在车里，给她披上自己的外套让她睡下，然后自己到车外守夜。早上6点钟，圆圆来到了他的身边：“霍克本先生，对不起，我睡着了！还有一件事，我好像很饿……”

霍克本笑了。他让圆圆在海边守着，10分钟后，霍克本带来了早餐和当天的报纸：“这批来自中国的小鸭子们好像跟暴风雨闹了点情绪，至今还漂流在10海里外的海面上，迟迟不肯靠岸。它们要什么时候才能扭转情绪，这就要看上帝的意图了。”小圆圆问霍克本什么叫“扭转情绪”？霍克本告诉她就是重新有了好心情的意思。

圆圆“哦”了一声，感叹道：“这些小鸭子还挺有个性的啊！”

又一整天，还是没有等来鸭子。傍晚，霍克本给旅店打电话确认后得知，电视上说这些小鸭子们已经驶离了加密所湾海岸线，正随着大西洋暖流朝美国东海岸漂去。

霍克本如遭雷击。

在圆圆的追问下，他舔了舔嘴唇，鼓足勇气说：“圆圆，也许，它们不会靠岸了。”

圆圆的笑容在脸上凝固了：“为什么？上帝是不会食言的，一定是你听错了！”霍克本看着圆圆眼里的泪水，语无伦次地说道：“哦，是的，你说得对，上帝是不会食言的！也许，是他搞错了，也许是小鸭子们还没有扭转情绪，也许……”

霍克本无法把话题进行下去。圆圆哭着哀求他：“霍克本先生，那就让我们耐心地等下去吧，小鸭子们一定会扭转情绪的。等看到早

上的太阳，它们一定会上岸见我们的！”

我现在只想祈求上帝赐给我一只中国鸭

半夜，圆圆的身体散发出强烈的气味，霍克本用手一摸，她浑身都是冷汗，发着高烧。霍克本再也无法坚持下去，他强行把圆圆带回车中，启动了油门。可是还没有走出 10 米，就被远处驶来的警车给拦住了。

警察径直走过来：“爱德华·霍克本先生吗？你以儿童绑架嫌疑被警方拘捕了。”

霍克本被押到哈里费克斯警察局后才发现，圆圆的寻人启事已经发往了加拿大的各个警署，同时已于一天前上了新斯科舍州新闻频道，是旅店的老板发现后报了警。原来圆圆并没有向她的母亲“请假”，因为她知道，请假的结果只会有一个，“绝对不行”。

在警局的询问室外，圆圆的母亲王新佩可以清楚地看到里面的情况。霍克本诚实地回答了警方的一切问题，最后追加道：“圆圆太孤独了，所以明知道鸭子不会靠岸了，我还是不忍心带她回来。我现在只懊恼一件事，她的病情怎么样，还有我该怎样向她再次证明她是上帝的女儿这个事实……”圆圆母亲的眼泪流了出来，她央求警察：“我撤销起诉，请立刻把好心的霍克本先生释放了吧！”

霍克本走出警察局的时候，立即被蜂拥而至的媒体围住了。面对媒体的各种提问，霍克本没有作任何正面回答，他只有一句话：“我现在只想祈求上帝赐给我一只中国鸭。否则，我这一生都无法再次面对圆圆！”

当晚，霍克本接待了一位陌生的东方女性，她手中捧着一块大蛋

糕，局促地说："我是圆圆的妈妈，我为发生的一切向您道歉。"圆圆妈妈还告诉霍克本，"5 分钟前我接到电视台来的电话，他们说有一个来自阿拉斯加的游客 3 年前做海滩拾荒队的义工时，捡到过一只正漂流过那里的中国鸭，他准备把它捐赠给圆圆。"

一个星期后，出院的圆圆真的收到了来自阿拉斯加的礼物。

我一直担心一个人到上帝那里会孤单

从此，在幽静的哈里费克斯约克街区公园的一角，人们经常可以看到一位安详的老人和一个包裹得很严密的中国少女坐在长椅上快乐地聊天。他们中间总摆着一只丑陋、褪色又有些变形的塑料鸭。如果有人问起这只鸭子的来历，圆圆就会迫不及待地告诉他："它是坐着上帝的方舟从我的故乡漂流过来的，是我最亲密的朋友！"

然而，当初秋的第一抹金黄又抹在了约克大道的枫树上，公园的长椅上却只剩下了霍克本先生一个人。这位老人在余晖下总会想起两个人，一个是他的儿子，一个是他的天使朋友。他不会忘记他的小天使对他说的最后一句话："谢谢你，霍克本先生，我一直担心我一个人到上帝那里会孤单，现在有小鸭子跟我葬在一起，我再也不害怕了。"

霍克本笑了："我的天使，带着你的小鸭子，在上帝那里要好好地等我啊。因为我孤单太久了，我真的有些害怕在上帝那里还是一个人。"

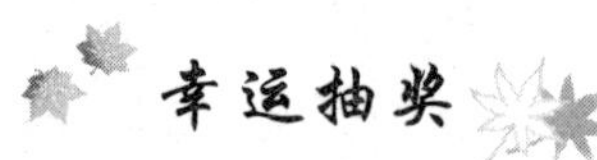

幸运抽奖

考特公司的年庆活动中有一个传统的抽奖游戏叫“幸运波多黎各”。参与活动的员工，每人拿出10美元作为奖金，并把自己的名字写在小纸条上放进一个空玻璃缸里，再由嘉宾从里面摸出一个幸运者的名字，被抽中的人就可以用这笔奖金在波多黎各享受两周的假期。

今年的庆祝会如期举行，唯一不同的是，今天也是看门人维利·琼斯退休的日子，他已经在公司当了40多年的门卫了。他患有小儿麻痹症，但性格很开朗。上下班的时候，人们都能看见老维利在轮椅上微笑招手。想到这次将是维利最后一次参加新年庆祝会，大家心里不免有些失落。

庆祝会快结束的时候，主持人让迈克上台负责摸纸条。迈克把手伸进玻璃缸，在一堆小纸团中间摸索了半天。因为在刚才写纸条的时候，他没有写自己的名字，而是写上了“维利·琼斯”，希望能给这个可爱的老人多一次机会。最后，迈克拣出一个跟他的纸团手感最接近的纸团递给主持人。主持人展开纸条，大声念出上面的名字：“维利·琼斯!”

迈克简直不相信自己的耳朵，没想到摸到的果真是自己的纸条，实在太幸运了。这时台下也一片欢呼雀跃，全体员工都拥向维利，大声祝贺他，跟他握手拥抱。每个人都异常兴奋，比他们自己中了奖还高兴。迈克突然意识到了什么，把手再次伸进玻璃缸，悄悄抓出四五

个小纸团，展开以后，发现每张纸条上都有不同的笔迹，但却写着同一个名字——“维利·琼斯”。

迈克终于明白大家为什么这么开心，每个人都以为自己的纸条被抽中了。得到免费旅游固然值得高兴，但能送给维利一个惊喜更令人激动。

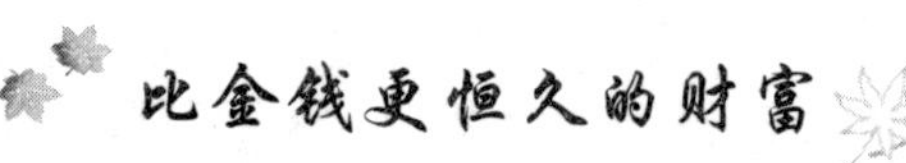

比金钱更恒久的财富

有一个美国富翁，一生商海沉浮，苦苦打拼，积累了上千万的财富。有一天，重病缠身的他把10个儿子叫到床前，向他们公布了他的遗产分配方案。他说："我一生财产有1000万，你们每人可得100万，但有一个人必须独自拿出10万为我举办丧礼，还要拿出40万元捐给福利院。作为补偿，我可以介绍10个朋友给他。"他最小的儿子选择了独自为他操办丧礼的方案。于是，富翁把他最好的10个朋友一一介绍给了他最小的儿子。

富翁死后，儿子们拿着各自的财产独立生活。由于平时他们大手大脚惯了，没过几年，父亲留给他们的那些钱就所剩无几了。最小的儿子在自己的账户上更是只剩下最后的1000美元，无奈之时，他想起了父亲给他介绍的10个朋友，于是决定把他们请来聚餐。

朋友们一起开开心心地美餐了一顿之后，说："在你们10个兄弟当中，你是唯一一个还记得我们的，为感谢你的浓厚情谊，我们帮你一把吧！"于是，他们每个人给了他一头怀有牛犊的母牛和1000美元，还在生意上给了他很多指点。

依靠父亲的老友们的资助，富翁的小儿子开始步入商界。许多年以后，他成了一个比他父亲还要富有的大富豪。并且一直与他父亲介绍的这10个朋友保持着密切的联系。他就是美国巨商弗兰克·梅维尔。

成功后的梅维尔说：“我父亲告诉过我，朋友比世界上所有的金钱都珍贵，朋友比世界上所有的财富都恒久。这话一点也不错。”

在这个世界上，金钱能给人一时的快乐和满足，但无法让你一辈子都拥有。而友谊和朋友却能给你一生的支持和鼓励，让你终身拥有快乐、温馨和富足。

好朋友是人生一笔最大的财富，也是一笔最恒久的财富。

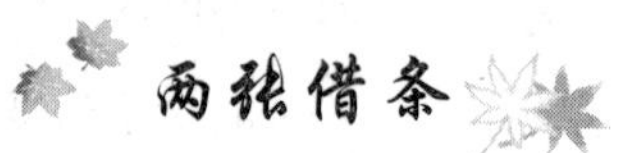

两张借条

因为是交情深厚的朋友，才敢放心把钱借给他。想不到，那钱，却迟迟不见还。借条有两张，一张5000块，一张2000块，已经在我这儿存放了两三年。

如果我的日子好过些，或者只要还能马马虎虎过得下去，我想我仍然不会主动去要求朋友还钱。可是我失业已近一年，一年中我试着做了点儿小生意，又把最后的一点儿钱赔光，这日子过得艰难无比。自己还好办，可是看到妻子女儿也跟着我受苦，心里就很不是滋味。我想现在应该向他开口了。

和朋友是在上中学的时候认识的，很聊得来。后来我们又考上了同一所大学，读同一个专业，这份友谊就愈加深厚。毕业后我们一起来到这个陌生的小城打拼，两个人受尽了苦，却都生活得不太理想。朋友似乎比我要稍好一些——虽然朋友只是一个小职员，可那毕竟是一家大公司，薪水并不低。

可是那次朋友找到了我，向我借5000块，我虽有些吃惊，但仍对他说："虽然这两年来，我只攒下了5000块钱，但我仍然可以全部借给你。不过，你得告诉我你借这5000块钱做什么。"朋友说："有急用，你别问行吗?"最终，我还是把钱借给了朋友。朋友郑重地写了一张借条，借条上写着，"一年后还钱"。

可是一年过去，朋友却没能把这5000块钱还上。朋友常常来找

我聊天，告诉我他的钱有些紧，暂时不能够还钱，请我谅解。我说不急。

可是突然有一天，朋友再次提出跟我借钱，仍然是5000块，仍然许诺一年以后还钱。于是我有些不高兴，我想朋友难道不知道“有借有还，再借不难”的道理？我再次问朋友借钱做什么，朋友仍然没有告诉我，只是说，有急用。我说：“难道我们不是朋友吗？如果是朋友，你为什么不能告诉我？”朋友说暂时还不能。虽然我心里不大痛快，却仍然借给了朋友2000块钱，然后收好朋友为我打的借条。为什么借给他？因为我相信那份珍贵的友谊。

往后的两个月里，朋友再也没来找过我。我有些纳闷，去找朋友，却不见了他的踪影。朋友的同事告诉我，朋友暂时辞了工作，回了老家。也许他还会回来，也许永远不会。我想朋友这是什么意思呢？

我等了两年，也没有等来我的朋友。现在我有些急了——之所以急，更多的是因为我的窘迫与贫穷。我想就算朋友永远不想再回这个城市，可是难道就不能给我写一封信吗？不写信给我，就是躲着我，躲着我，就是为了躲掉那7000块钱。这样想着，我不免有些伤心。难道十几年建立起来的这份友谊，在朋友看来，还不如这7000块钱？

好在我有朋友老家的地址。我揣着两张借条，坐车找到朋友的家，那是三间破旧的草房。那天我只见到朋友的父母。我没有对朋友的父母提钱的事，只是向他们打听朋友的消息。

“他走了。”朋友的父亲说。

走了？我竟没有听明白。

“从房顶上滑下来……村里的小学，下雨天房子漏雨，他爬上房顶盖油毡，脚下一滑……”

“他为什么要冒雨爬上房顶？”

“他心里急。他从小就急，办什么事都急，比如要帮村里盖学校……”

“您是说他要帮村里盖学校？”

“是的，已经盖起来了。听他自己说，他借了别人很多钱。可是那些钱仍然不够。这样，有一间房子上的瓦片，只好用拆旧房拆下来的碎瓦。他也知道那些瓦片不行，可是他说很快就能够筹到钱，换掉那些瓦片……为这个学校，他悄悄地准备了很多年，借了很多钱……他走得急，没留下遗言……我不知道他到底欠了谁的钱，到底欠下多少钱……他向你借过钱吗？你是不是来讨债的？”

我的眼泪终于流下来。我不敢相信他的突然离去，更不敢相信他原来一直在默默地为村子里建一所小学。朋友分两次借走的7000块钱，原来只是想为自己的村子建一所小学；之所以不肯告诉我，只是不想让我替他着急。

“你是他什么人？”朋友的父亲问。

“我是他的朋友。”我说，“我这次只是来看看他，却想不到，他竟走了……还有，我借过他几千块钱，一直没有还。我回去就想办法把钱凑齐，然后寄过来，您买些好的瓦片，替他把那个房子上的旧瓦片换了。”

朋友的父亲老泪纵横。他握着我的手说：“能有你这样的朋友，他在地下也会心安。”

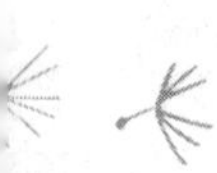

回去的汽车上，我掏出那两张借条，想撕掉，终又小心翼翼地揣好。我要把这两张借条一直保存下去，为我善良的朋友，为我对朋友曾有的恶毒的猜测。

同桌的你

很早以前就认识了茜，她是我第一个好朋友。我们是同桌，我们两个很谈得来，性格也很像。那时大家都很小，天真、幼稚。我们喜欢坐在梧桐树下，背对着背，闭着眼睛，仔细去闻那梧桐雨的芬芳，感受着友情的甜蜜。

我俩形影不离，彼此珍惜着这份甜蜜，不时也会搞点恶作剧。两个弱女子，并肩作战，竟然将一个男生弄得苦不堪言，那是何等的自豪。

假期是一段难熬的日子。暑假过后，终于开学了。我兴冲冲地小跑到学校，心里想象着相见时的快乐。或许是我来得太早了，教室里还显得空荡荡的，我坐在自己的位置上高兴地迎接每一位同学，盼望着那个熟悉的身影出现。

时间慢慢消逝，教室里的同学都一个个地来了。可是茜呢？在哪里？不来了吗？还是来了又走了？我一个人在心里嘀咕。

我没有走，我相信她会来的。我一个人在那里等着，却迟迟不见她的身影。为什么？“还不走吗？”老师亲切地问我。“哦，我还想再待一会儿。”“那你早点回家，免得家人担心啊！”“嗯。”我小声地回答着老师的问话。老师走了，教室里就我一个人，我突然感到好寂寞。

不久，老师又回来了，身后好像还有一个人。难道是……

是茜的奶奶来了，我一下热情高涨，跑过去问：“奶奶，茜呢？”“哦，她在家里，她要转学了，在收拾东西呢。”突然，好像晴天霹雳，我似乎觉得冬天来了，可是外面却骄阳正盛。我一个人待在那里。“茜的桌子是哪一张？”突然有一只大手拍打着我的肩膀。我的手指向那张熟悉的桌子。就在那张桌子周围，有我们的欢笑与泪水。

走出教室，天空中骄阳似火，灼烧着我的心脏。

茜走了，留下我一个人在寂寞里歌唱，我哭了。

后来，我的同桌换了。是一个大方、开朗、活泼的女孩子，她的开朗和我的腼腆形成了鲜明的对比。我上课不敢举手，她说：“勇敢点，我看着你呢！我为你加油！”她的鼓舞是我的动力，我克服了那胆小的毛病。每天，她举手后都会说：“该你了，加油。”然后，我举起手，慢慢站起来，吞吞吐吐地回答了问题，心里却是很高兴。“你好棒！”她说。然后我们微微一笑。这个女孩子，很好。

我们成了好朋友，她的名字叫梦。

一个狂风大作的雨天，雨下得很大。我们没有带伞，就搀扶着对方，一起走着艰难的路。不时，风会加大，我们娇弱的身体怎么能阻挡，只好躲在角落里等风儿来同情我们这两个可怜的孩子。在风里，我们感受着风吹雨打的痛苦。她说：“别怕，一会儿就会好的，再等等。”其实我知道，她也快挺不住了，她那在风里颤抖的身影，印在了我的脑海。

“冷吗？”她问我。“不啊！我的身体好着呢！”我勉强地笑着。我怎么可以让她知道我很冷呢。“啊——啊嚏——”响亮的喷嚏从我的嘴里打了出来。“还说不冷，快，把我的外套穿上吧！”她带着命令

的口吻说。“可是……”她什么也不想就直接将衣服套在了我的身上。一下子，我暖和了，这种温暖的感觉是特别的，让我感觉好像风雨都停了，天空中的太阳暖洋洋的，还有那美丽的彩虹……

雨终于停了，我俩回了家。

后来，她病了，是因为我而病的。我恨我自己为什么要打那个响亮的喷嚏，怎么可以让她忍受刺骨的寒风，又怎么能心安理得地穿上她的外套，还因觉得温暖而不想脱下？我是怎么了，我怎么能这么自私，怎么能让我的好朋友去忍受折磨？

我来到了梦的家里，看见她那憔悴的脸庞，那病恹恹的身体，我哭了。“对不起，我……”“没事，我好得很呢，我马上就能陪你玩了。别哭！”

梦啊，我的好伙伴！毕业了，梦，陪我6年的梦，最终还是选择了离开，留我一个人在曾经携手走过的石板小路上徘徊。我又哭了。现在，我的同桌还是不停地变换，可唯有过去那些曾让我流泪的往事，才是我一辈子的怀念。

有花儿记得一路的温情

那一年考到北京读研的时候，她曾经有过犹豫，每年 6000 元的学费让她徘徊了许久。最终，强烈的求知欲望让她决定贷款供自己再读 3 年。

班里总共 12 个人，清一色全是女孩。每日读完书，一群女子最乐意做的，就是聚在一起唧唧喳喳讨论时尚衣饰、明星运程、旅游名胜。她喜欢这群热情的女孩，她亦喜欢安静地坐在她们旁边，听她们得意地挑着眉胡吹神侃。她从没有因为自己经济困窘，而自动地与她们这一群生活优越的女孩分清界限。而她们，也从没有因为她衣着朴素，而不屑与她聊天。许多人在校园里，看见这样一群携手招摇过市的女子，常常会惊叹竟然还有如此心心相印的一群，简直像枝头的一簇花儿一样。女孩们站在一起像一株白玉兰，大朵大朵的花绽放开来，便是一个烂漫的春天。

但她还是在那一年的秋天里偶尔感到了一丝想要逃避的凉意。她从她们的口中，了解了全国各地许多好玩的去处和诱人的小吃。她们怀揣着诚挚的浪漫，决定在这 3 年里，将 12 个人所住的城市，不仅逛遍，而且吃遍。这个决定一出来，她便有些黯然，她不知道如何向她们解释，她从来没有将钱浪费在出行上。况且，每到一个城市，便由“东道主”负责一切旅游费用的豪爽策略，亦是她无法承受的。但她的确不想扫大家的兴，只好悄无声息地退到一边去，等着她们商量

出最终的行程路线后，再找一个合适的理由退出。

最终，她们决定抽签来确定3年的旅游线路。她依然记得那一个秋日的清晨，她与她们坐在银杏飘香的窗前，等着班长将12张写有数字的纸条揉成一个个小小的球。她希望自己能够抽到最后一个，这样，她就可以用3年打工攒下的钱，请这些好姐妹，逛一次自己的小镇。尽管那个小镇里没有高楼大厦，没有长长的购物街，但那里有青山绿水，她可以带她们在小溪旁的绿地上宿营，点起篝火。唱歌或者笑成一团。可是，她更希望自己在抽到后，能够找到一个不伤害彼此感情的理由，做这一梦想的旁观者——因为金钱。

班长将12张纸条郑重地放在桌子中间，很酷地一伸手，指指坐在身旁的她，笑道："今天我这班长，为自己谋点私利，谁有幸挨在我右边，谁就先抽。"她看一眼眉飞色舞的班长，笑一声，便将手伸向桌子，又略一停顿，便拿起其中的一个。她刚一拿起，其余11只手，便飞速地将纸团全部捏起。她还没有打开，周围的人便高声嚷出了自己的顺序。班长则在一旁，迅速记了下来。大家挤闹成一团，她是最后一个将自己的号码告诉班长的。事实上，不用告诉，班长也从记录里断定她是最后一个了。她的确幸运地成了最后一个。她想，3年的时间，足够她挣一笔路费，请她们去安静的小镇上玩。这应该算是自己回馈给她们这份姐妹情谊最好的礼物了。

她跟着她们，在这3年里，走了许多个城市，上海、广州、厦门、西安、南京。每到一个女孩的家乡，她们的父母都会尽最大的热情来招待这一群手足情深的女孩。吃饭、住宿、车票，全都给她们免掉。她们所要做的，就是跑遍整个城市，且将它所有的特色之处，一一收进记忆的行囊。她在这样的愉快里，总会下意识地摸一摸口袋，那里有她专门的一个卡，卡中是她一点一点积攒的一笔钱。她知道，当毕业来临，她的钱也就够了。3 年的时间很快过去。在这 3 年里，每一次集体活动，她都会参加，她都没有为费用而发愁，因为她们有那么多的理由找人买单。这群女孩，充分发挥着小女子的活泼，赖着自己的老师、学长、朋友、父母，请这“浩荡”的一群，吃饭游玩甚至买喜欢的纪念品。

终于轮到她来买单的最后一次旅行。她将攒好的 2000 元钱点了又点，知道足够来回的路费，便微笑着给她们发短信说，我们去做最后一次旅行吧。那时的她们，正在为各自的工作四处奔波，但为了这次驶向终点的出行，11 个女子从全国各地聚拢了来。就在出发的前一天，导师突然打电话给她，说：“你们可真是不讲义气的小女子，这最后一次出行，也不邀请我去。”她呆愣片刻，随即愧疚，说：“老师，如果您真能抽出空来，跟我们一起去，大家都会高兴坏了呢。”

那次出行，女孩子们轮番拍导师的马屁，直拍得导师假意嗔怒：“早知道你们心里的花花肠子了，放心吧，我会大方地把没花完的经费拿出来，赞助你们来回路费的。”一群女子皆哗哗地鼓掌，说：“我们替小妹谢谢老师哦。”接着她们一脸羡慕地转向她，说，“小妹，到了小镇，你可要好好做一桌家乡菜，感谢我们为你大力拍马屁哦。”一车厢的人皆笑，而她却在这样的幸福里，扭头落下了眼泪。

离别两年后，她上网，看到一个同门师妹的博客，讲起她们声名远播的“金陵十二钗”，这才知道，她们为她守了一个怎样的秘密。那次抽签，所有的纸条上都写着“12”。甚至，在最忙的毕业前夕，

她们集体去求导师，让他帮忙，给她最后一个免费出行的理由。她们为她，在3年里编下多少个理由、买下多少次单，她都记不清了。但她却知道，那朵永远不会绽放的秘密之花，会记得这一世都不会凋零的温情。

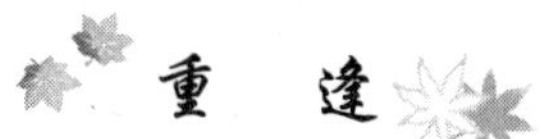

重　逢

休和查利是我大学时期最要好的朋友。休与我已保持了四分之一世纪的友谊，而查利则在15年前从我们的生活中消失。15年后，我和休重新找到了查利，也重新找到当年的友情。

我们3人第一次见面大约是在30年前的斯沃思摩。我当时才17岁出头，是个胆小内向的布鲁克林技校毕业生，来到这所小型的教友会学院时，别人已经第二学期开学。在教学主楼的教室里，两个男孩使我吃了一惊。他们似乎象征着整个学院的风度：休正对约翰·东尼那些深奥的诗作大发议论，查利则专注于吐出一串串烟圈。我对这些都是一窍不通。他们比我大两岁，看上去比我懂的多得多。休长得酷似影星马龙·白兰度，不过无论是他本人或是其他人都很清楚，他肯定会成为一名作家。查利满头微卷的红发总是乱蓬蓬的，似乎有不少比仪表更重要的事得去考虑。他今后很可能成为心理学家，但那时正被小说家菲茨杰拉德的生活方式和出众的才华所吸引。

接下来的几个月里，我们3人不停地交换着讨论的话题——上帝、文学、人性，以及最热门的主题——姑娘。我认为正是这种整日整夜的长谈使我们早先的友谊牢不可破，因为这种友情需要大量的时间在一起，这在后来的日子里就难以办到。此外，还有参加辩论的冲动，以及表现自己欲望和对新思想新观点的接收。

我和休都是纽约人，出生于忠实的犹太教徒家庭，查利则是波士

顿一个爱尔兰天主教家庭的独子。他的母亲是一位瘦弱的护士，很少与儿子交流思想；他的父亲已经住进了一所精神病疗养院，事实上也再未离开过那里。那些年，我和休都有了不少改变，但基本上依照的是传统文化。查利的成就是最令人吃惊的：他几乎在短短数年中，就重新塑造了自己。

查利最先结婚生子。1955 年，他与一位南方女子结合，我充任男傧相。数以百计的宾客们身着盛装，围在新娘身边；查利则只有他的母亲、姨母、姨父，再就是我的一家和休。

5 年后，从第一次婚姻的失败中摆脱出来的查利来到了纽约，从事心理学方面的研究。他终于再一次结婚——新娘是一位优雅含蓄的女士，她对我们 3 人之间那种亲密而喧闹的关系似乎颇为不快。当我们各自组织自己的小家庭时，查利的新夫人渐渐把他引出了我们原先的圈子，我和休一直很忙，根本无暇注意到在我们之间发生的一切，直到有一天忽然发现查利夫妇已与我们失去联系。

15 年过去了。休已是一位成功的小说家，我则是一名出版商。在一次晚会上，我邂逅了一位熟知我们过去的女士。“你知道查利的消息吗?”她说，“他又离婚了，眼下住在安纳波利。”

我走进隔壁房间，打电话找到了休。我俩一致认为，无论查利是否愿意和我们见面，我们都应该去看看他。我很快设法搞到了他在安纳波利的电话号码，带着少许紧张与兴奋拨通了电话。“我和休想去看看你。”我结结巴巴地拿着话筒说道。“什么时候?”那熟悉的声音答道，仿佛我们昨天刚刚聊过。

我和休抵达华盛顿机场时，查利已经在等着我们了。明显发胖了

的身材，稀疏的，却是红褐相间的头发，查利站在那儿，神态一如往昔。我们同时发出惊喜的叫声，仿佛小孩子赢得了少年棒球队冠军。3 个人旁若无人地大喊大叫，笑着、拥抱、亲吻，然后挽着臂膀。我们感到自己无可匹敌，又成了重新聚会的“三巨头”！我们钻进汽车，查利兴奋之余，向我们滔滔不绝地讲述着他 15 年来的各种经历，以至于错过了高速公路的岔道，使我们在到达安纳波利前不得不绕了 30 英里的弯路。查利告诉我们，他的父母都已过世，他也曾希望第二次婚姻能使他重新振作精神，但几个孩子出世后又告分离，他再一次过起了孤独的生活。

我和休在旅馆登记住宿，仍用当年大学里的老办法决定床位：抛硬币。查利笑了：“嘿，我买了这个。”3 只完全相同的礼品盒里，装着 3 条一模一样的领带：栗色的底，印着蓝色的条纹。尽管天灰蒙蒙的，正飘着细雨，我们仍然雀跃着把领带打上，顿时又成了 3 位神采奕奕的“三剑客”。

我们又手挽手地在安纳波利的街道上闲逛。在一家餐馆里，我们用最大号的酒杯喝葡萄酒。我看见休和查利像我第一次遇见他俩一样又肩并肩坐在了一块儿，对作家们的作品大发评论；而我也和从前一样，像个学生似的静静地坐在一旁聆听着兄长们的高谈阔论。我们接着喝酒，继续逛街，试橱窗里的帽子，看绘画展览，四处溜达；我们饮啤酒，吃成打儿的牡蛎，在当地的大学和海军学院里，我们被年轻人包围着，一瞬间我们又回到了自己的青年时代。

那天晚上，我和休躺在旅馆的床上，回顾着我们 3 人之间不同寻常的友谊。我们尤其想弄明白许多年前我们是如何互相影响的。最后

我俩都感觉到，从查利那里学到了谈吐隽永，那种讽刺式的幽默感把幽默与趣味带进了我们的思想与语言之中。

第二天早晨，我们在查利的小公寓里和他共进早餐。我告诉了查利前一晚我与休的谈话，查利笑了。休看着查利，静静地说："查利，如果说我俩从你那儿学到了不少东西，你又从我们身上学到了什么?"

查利凝视着我们："我想你们应该知道，"他说，"友情。"

最后一块钱

卡姆是我童年的朋友，我们俩都喜爱音乐。卡姆如今是一位成功人士。

卡姆说，他也有过穷困潦倒只剩一块钱的时候，而恰恰是从那时开始，他的命运有了奇迹般的转折。

故事得从上世纪 70 年代初说起。那时卡姆是得克萨斯州麦金莱市 KYAL 电台的流行音乐节目主持人，结识了不少乡村音乐明星，并常陪电台老板坐公司的飞机到当地的音乐中心纳什维尔市去看他们演出。

一天晚上，卡姆在纳什维尔市赖曼大礼堂观赏著名的 OLEOPRY 乐团的终场演出——第二天他们就要离去了。演出结束后，一位熟人邀他到后台与全体 OPRY 明星见面。“我那时找不到纸请他们签名，只好掏出了一块钱，”卡姆告诉我，“到散场时，我获得了每一个歌手的亲笔签名。我小心翼翼地保存着这一块钱，总在身上带着，并决心永远珍藏。”

后来，KYAL 电台因经营不善而出售，许多雇员一夜之间失了业。卡姆在沃思堡 WBAP 电台好不容易找了个晚上值班的临时工，等待以后有机会再转为正式员工。

1976 年到 1977 年的冬天冷得出奇，卡姆那辆破旧的汽车也失灵了。生活非常艰难，他几乎囊空如洗，靠一位在当地超级市场工作的

朋友的帮助，有时搞来一点过期的盒饭，才能勉强使妻小不挨饿，零用钱则一个也没有。

一天早晨，卡姆从电台下班，在停车场看到一辆破旧的黄色道奇车，里面坐着一个年轻人。卡姆向他摇摇手，开车走了。晚上他上班时，注意到那辆车还停在原地。几天后，他恍然大悟：车中的老兄虽然每次看见他都友好地招手，但似乎没有从车里出来过。在这寒冷刺骨的下雪天，他接连3天坐在那里干什么？

第二天有了答案。当他走近黄色道奇时，那个男人摇下了窗玻璃，卡姆回忆：他作了自我介绍，说他待在车里已好几天了——没有一分钱，也没有吃过一餐饭；他是从外地来沃思堡应聘一个工作的，不料比约定的日子早了三天，不能马上去上班。

“他非常窘迫地问我能否借给他一块钱吃顿便餐，以便挨过这一天——明天一早，他就可以去上班并预支一笔薪水了。我没有钱借给他——连汽油也只够勉强开到家。我解释了自己的处境，转身走开，心里满怀歉疚。”

就在这时，卡姆想起了他那有歌手签名的一块钱，内心激烈斗争一两分钟后，他掏出钱包，对那块纸币最后凝视了一会儿，返回那人面前，递给了他。“好像有人在上面写了字。”那男子说，但他没认出那些字是十几个签名，装进了口袋。

“就在同一个早晨，当我回到家，竭力忘掉所做的这件‘傻事’时，命运开始对我微笑，”卡姆告诉我，“电话铃响了，达拉斯市一家录制室约请我制作一个商业广告，报酬500美元——当时在我耳里就像100万。我急忙赶到那里，干净利落地完成了那活儿。随后几天里，更多的机会从天而降，接连不断。很快，我就摆脱困境，东山再起了。”

后来的发展已尽人皆知，卡姆不管是家庭还是事业都春风得意：妻子生了儿子；他创业成功，当了老板；在乡村地区建了别墅。而这一切，都是从停车场那天早晨他送出最后一块钱开始的。

卡姆以后再没见过那个坐破旧黄色道奇车的男子，有时不禁遐想：他到底是一个乞丐呢，还是一个天使？

这都无关紧要，重要的是：那是对人性的一场考验，而卡姆通过了。

“需要资金吗，今天?”

我是一个特别喜欢浪漫的人，所以手机里少不了存着许多风花雪月的短信。但我存得最久、直到现在都舍不得删的一条短信却与风花雪月完全无关，那是一句如果不明前因后果甚至会让人觉得莫名其妙的话：“需要资金吗，今天？我去给你送钱，3000够吗?”

发送短信的日期是2003年4月15日。离现在已经一年多了。

2003年1月，我得了一场重病，停掉手里一切工作，做手术，住院。世人都羡慕白领时尚自由的生活，只有身在其中，才知什么叫“手停口停”。那时我才换了工作不久，又刚交了半年的房租，住院押金加治疗所花杂费，几乎让我立时捉襟见肘。我又骄傲惯了，从不在朋友们面前诉苦，自以为也没人看得出来。

就在用钱最紧张的时候，一个平时交往很好的朋友来看我。“缺钱不?”我只当他是普通的客气，所以很随意地答：“还好啦。”他又叮嘱说：“如果真缺钱就告诉我啊!”

我笑着点头，却并没有认真地记着他的话。

过了几天，忽然收到他发来的短信：“需要资金吗，今天？我去给你送钱，3000够吗?”我心里没来由地一震，眼泪都快出来了。他是认真的啊！认认真真地、实实在在地想要帮助我。他知道我不会主动开口，所以特别再发短信来问——所谓患难之交，这就是了吧？

住院期间，时时收到朋友们的短信，多是殷勤问候、祝愿早日康

复。知道自己并没有被人遗忘，心里也是觉得温馨的，但无论如何都不如那条短信让我感动，感动至今。

一年能有多少天？在这个以短信说话的时代，365 天可以收到多少条短信？可是这条短信一直安安静静地躺在我的手机里，我无数次地去翻看，甚至不去翻看也可以把它的每一个标点倒背如流，却始终舍不得删除它。

那么一种患难情谊，是这辈子也删除不了的吧？

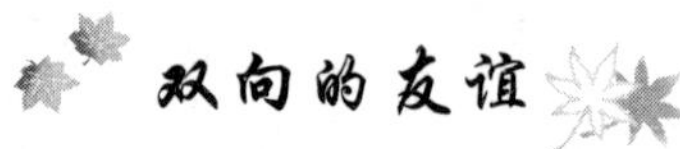

双向的友谊

住在农村的小孩子通常都不会有太多的朋友，我哥哥吉姆和我就是如此。幸运的是，我们年龄相差不多，因此成了很好的玩伴。但我们一有空儿仍然会骑自行车到一英里以外的邻村去找一个年纪相仿的孩子一起玩，那是一个叫布莱恩的男孩。他父母都是农民，他有一大群哥哥姐姐，还有一个小弟弟。

有朋友相伴的夏季过得格外有趣。关于布莱恩早期的也是最有趣的记忆，是我们六七岁时在前院一起玩垒球的经历。我仍清楚地记得布莱恩像一阵风一样，光着脚在各垒间奔来跑去的情景。

当然，我们的友情不仅仅局限于夏季，我们上的是同一所学校并且乘同一部校车。我不记得是什么时候发现布莱恩患了肌肉营养障碍症的，只记得那时我们还在上小学。一切好像就在突然间发生了。看着我们曾经那么健康的玩伴一天天衰弱下去，直至不能再做那些一年前他还十分喜欢做的事情，我们的心情也变得越来越沉重。

上初中第一天的情景令我终生难忘。校车来到布莱恩家门前的那一站，我们伤感地默默望着布莱恩努力挣扎着上车。最后，坚强的他终于在手和膝盖的支撑下“爬”上了车。而在上个学期末，他上车的时候只是稍稍有些吃力而已。

随着年龄的增长，布莱恩的情况越来越糟，他开始不得不坐轮椅了。但是他却绝不让自己被轮椅所束缚。轮椅只是他的腿，而不是他

的障碍。他父母为他买了一个机动三轮车，这样他就可以在乡村自在地“奔跑”了。布莱恩大约13岁的时候，有一次他开着那辆三轮车爬上了我家前院的小斜坡，这时三轮车却突然向后翻了过去，他被摔在了地上，车子也扣在了他的身上。我狂奔到他跟前，一边哭着叫人来帮忙，一边紧张地想他是否还活着。听到我的尖叫声，我哥哥也跑了过来。布莱恩双眼紧闭，一动不动。

我抽泣着拍打他的脸颊，喊着他的名字：“布莱恩！布莱恩！你怎么样？”布莱恩睁开眼睛，憨笑着说：“嘿，把三轮车扶起来，让我坐回去！”

我哥哥破涕为笑，布莱恩也笑了起来。他喜欢逗大家笑，并且总是能迅速地把我逗笑。可是这一次我却没有被他的玩笑逗乐。

渐渐地，布莱恩的手臂也衰弱了下来，很显然他需要另外一种交通工具了。我母亲想到了一个主意，于是，我和哥哥便着手行动起来。我们在咖啡罐上贴上他的名字并请大家募捐。将这些咖啡罐在这个1500人的小镇上分发之后，我们很快就凑到足够的钱为布莱恩买了一辆高尔夫球车。在其他的孩子们都已经拥有自己的第一辆小汽车时，布莱恩则开着他的高尔夫球车四处走动，不论白天黑夜，不论刮风下雨。

等到我们都上高中的时候，帮布莱恩做准备和去学校又成了一个挑战。他已经不能再乘校车了，而且他不断增长的身高和体重也使他的父母很难再抱得动他了。我哥哥于是承担起了这项任务。每天早上，吉姆都会到布莱恩家帮他起床、穿衣服并把他送进车里。布莱恩的妈妈会开车把他们俩送到学校，然后由吉姆把布莱恩扶出车外，帮

他坐到轮椅里。当我哥哥拿到驾驶执照后，便由他来开车送布莱恩上学和回家。吉姆从来没有把布莱恩看作是负担，而只是他的朋友。同样，布莱恩也是我哥哥的忠实好友。一年又一年，不论春夏秋冬，我哥哥不辞辛劳地帮助着布莱恩，除了友情他别无所求。他们之间已经形成了一种可以保持终生的友爱和尊重。在他们高中毕业的时候，我和吉姆讨论了毕业可能会给布莱恩的生活带来的改变。我担心布莱恩从此以后会形单影孤，毕竟他的基本社交生活除了家庭，主要来自学校。吉姆向我保证说他会经常去看布莱恩，他们的友谊一定会持续下去。我哥哥遵守了自己的诺言。高中毕业后，吉姆在当地找了份工作，并与布莱恩保持着固定的联系。他仍在布莱恩需要的时候及时给予他无私的帮助，而且，同样重要的是，他们继续一同分享着“属于男人的时间”。再后来，我哥哥结了婚并有了 3 个孩子——2 个男孩，1 个女孩，布莱恩却一直没有结婚也没有孩子，但是他一直都是吉姆家的一分子。

布莱恩 30 岁刚过没多久，就永远地离开了我们。他的葬礼在一个小小的乡村教堂举行，他的家人和朋友们都到齐了。葬礼过后，我和哥哥被邀请参加在教堂旁边举行的家庭聚餐。与布莱恩的家人一道追忆往事，勾起了我们许多美好的童年记忆，我们又想起了那个教我们如何接受挑战，并始终笑对世界的男孩。

那天晚上，我静静地坐在父母家的餐厅里，回想着布莱恩的葬礼和他的一生。我父亲拉过一把椅子问我布莱恩一家的情况，我给他讲了那一天的情形，以及与他家人在餐桌上共同分享的回忆。

“上学的时候和那以后的日子吉姆都一直在帮助布莱恩。”我告诉

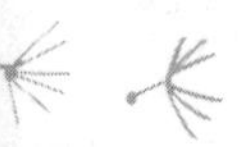

父亲说，“对于布莱恩来说，他真的是一个好朋友。”

父亲奇怪地看着我。“你大错特错了。”他说，“友谊是双向的。他们在彼此的友谊中都受益匪浅。是布莱恩让吉姆懂得了什么是真正的友谊以及如何去忽略一个人的残疾。他仅仅通过做你们的朋友便教给了吉姆和你很多东西。你们能够认识他实在是很幸运的一件事。”

父亲是对的。

无论什么时候想起布莱恩，他在我脑海中从来都不是坐在轮椅中的样子。我看见他坐在三轮车上穿过稻田，看见他驾驶着高尔夫球车在尘土飞扬的路上行进，看见他在打垒球——光着脚……

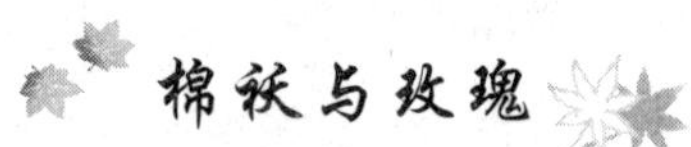

棉袄与玫瑰

在小镇最阴湿寒冷的街角，住着约翰和妻子珍妮。约翰在铁路局干一份扳道工兼维修的活，又苦又累；珍妮在做家务之余就去附近的花市做点杂活，以补贴家用。生活是清贫的，但他们是相爱的一对。

冬天的一个傍晚，小两口正在吃晚饭，突然响起了敲门声。珍妮打开门，门外站着一个冻僵了似的老头，手里提着一个菜篮。“夫人，我今天刚搬到这里，就住在对街。您需要一些菜吗?”老人的目光落到珍妮缀着补丁的围裙上，神情有些黯然了。“要啊，”珍妮微笑着递过几个便士，“胡萝卜很新鲜呢。”老人浑浊的声音里又有了几分激动：“谢谢您了。”

关上门，珍妮轻轻地对丈夫说：“当年我爸爸也是这样挣钱养家的。”

第二天，小镇下了很大的雪。傍晚的时候，珍妮提着一罐热汤，踏过厚厚的积雪，敲开了对街的房门。

两家很快结成了好邻居。每天傍晚，当约翰家的木门响起卖菜老人“笃笃”的敲门声时，珍妮就会捧着一碗热汤从厨房里迎出来。

圣诞节快来时，珍妮与约翰商量着从开支中省出一部分来给老人置件棉衣：“他穿得太单薄了，这么大的年纪每天出去挨冻，怎么受得了。”约翰点头默许了。

珍妮终于在平安夜的前一天把棉衣赶成了。铺着厚厚的棉絮，针

脚密密的。平安夜那天，珍妮还特意从花店带回一枝处理玫瑰，插在放棉衣的纸袋里，趁着老人出门购菜，放到了他家门口。

两小时后，约翰家的木门响起了熟悉的“笃笃”声，珍妮一边说着“圣诞快乐”，一边快乐地打开门。然而，这回老人却没有提着菜篮子。

“嗨，珍妮，”老人兴奋地微微摇晃着身子，“圣诞快乐！平时总是受你们的帮助，今天我终于可以送你们礼物了，”说着老人从身后拿出一个大纸袋，“不知哪个好心人送在我家门口的，是很不错的棉衣呢。我这把老骨头冻惯了，送给约翰穿吧，他上夜班用得着。还有，”老人略带羞涩地把一枝玫瑰递到珍妮面前，“这个给你。也是插在这纸袋里的，我淋了些水，它美得像你一样。”

娇艳的玫瑰上，一闪一闪的，是晶莹的水滴。

上好的一座仓房

旧时的友谊冷却了，一度亲亲密密，此时的关系却十分紧张，我的自尊心又不允许我拿起电话机。

一天，我拜访了另一位朋友，他长期担任外交公使和参赞。我们坐在书房里，四周有上千本书，开始侃起了大山。我们谈得很深很广，扯到了现代小型计算机，还聊到了贝多芬苦难的一生。

最后话题转到了友谊，讲到了当今的友谊如何只是昙花一现。作为一例，我提到了自己的经历。我的朋友说："友谊是个神秘的东西，有些会天长地久，有些则四分五裂。"

我的朋友凝视着窗外林木茂盛的佛蒙特丘陵，指着临近的一家农场说："那儿曾经有一座大仓房。"在一幢红构架房屋的近旁正是那个大建筑的基脚。

那仓房可能是19世纪70年代建造的，坚实牢固。但是，像此地的许多其他建筑一样，它倒塌了，因为人们都跑到富饶的中西部去了，没有人照管仓房。当时的房顶急需维修，雨水已经透过屋檐，顺着内部的梁柱往下淋。

一天，一场大风刮来了，整个仓房在风暴中颤抖。当时，你会听到那种噼啪声：开始像旧船板一样嘎吱嘎吱地响，接着是一连串猛烈的噼里啪啦声，最后一阵巨大的轰鸣，顿时仓房变成了一堆碎木片。

"风暴过后，我去看了看那些古老而漂亮的栎木，一个个仍然坚

实如初。我问农场主到底是怎么回事。他说，估计是雨水聚积在结合处的榫眼里，一旦榫头烂了，巨大的横梁便无法连接在一起了。”

我们俩凝视着那座仓房坐落处的山丘，现在的仓房只剩下了地下室坑洞和边缘处的丁香灌木。

我的朋友说，这件事他琢磨了很久，最后渐渐领悟到，建造仓房与建立友谊之间有着某些相似之处：无论你有多么强大，无论你的成就如何卓越，但只有在同别人的关系中，你才具有持久意义。

“要使自己的生命成为坚固的结构，既服务于他人，又充分发挥自己的潜能。”他说，“你得记住，力量再大也不能恒久，除非仰仗他人的联合支持。孤行己见，势必会栽跟头的。”

“友谊关系需要呵护，”他补充说，“像那仓房的房顶一样。未复的信件、未道的谢意、损害了的信任、未解决的争端——所有这些正像雨水渗入了榫眼一样，削弱了横梁之间的连接。”

我的朋友摇着头：“那本来是座上好的仓房。即使维修也花费不了什么。可现在，再也重建不起了。”

过一会儿，我起身告辞。“你难道不想借我的电话机用一用吗？”他问。

“哦，”我说，“想，非常想。”

说好我们不吃散伙饭

大四那年，我和好友沈去了同一家报社实习。这是一家有名气的报社，许多人连实习的机会都得不到。

有时候我自己也会惊讶于我和沈的默契，只要我们在一起，我就对任何挑战都充满了信心。而且我们从没有像其他同学那样，住在同一个宿舍，会时不时地有些矛盾和摩擦。我和沈，合作过无数次，竟没有发生过一次不愉快。我们像真正的兄弟那样心心相通，了无隔阂。我们都发誓，将这份难得的友情一直这样持续下去，哪怕是彼此有了利益上的冲突。

带我们两个实习生的是个在报社待了十几年的老记者。他总会有意无意地说起同事之间的竞争和诋毁，说他有个朋友，曾经是无话不谈，可等到后来成了同事，就再也没有了过去那样透明的情谊，话也明显地少了，总是觉得有什么东西隔住了两个人的心；后来因为一次可以迅速得以提拔的采访任务，两个人终于成了无话可说的陌生人。等到朋友被调走，他才突然间醒悟，自己失去了一份多么珍贵的情谊，可是一切都晚了，他们都没有勇气再回到从前。

对这样的话，我和沈从没有放到心里去。我们从没有过分歧和敌意，况且将来如果成了同事，能够对彼此有更切实的帮助，这在人情淡漠的社会里，不是很难得的一件事吗？还有什么能比在工作上有个情投意合的朋友，更让人觉得幸福的呢？所以尽管许多人一再暗示我们，今年报社可能只招一个人进来，但我们还是像以往那样，信心百倍地合力工作，且相信我们两个人最终都能留下来。

有一次我们两个接到一个采访某位知名人物的任务。按照惯例，上下两篇的报道我和沈分开来写，而后再共同修改。原本定好的主题，等到交稿的时候沈突然改变了主意。他坚持说这个知名人物的言行里反映出他性格上的某些缺陷，而且这些缺陷如果不加以纠正，怕是会对他个人和企业都造成坏的影响，所以如果我们另辟蹊径，换一个角度，避开其他报纸都有的先进事迹的报道，肯定能够得到经理的赏识，也一定会引起读者的兴趣。我说我们是实习生，还是按照经理的意思办吧，否则稿子出来了，引来争议，被批是小事，怕是工作也会保不住。沈没再与我争辩，但在第二天的报纸上，我却发现我写的那一部分，早已被沈改掉了，尽管署名还是我们两个人，而且他一如既往地将我的名字写在前面，但我的心里，却突然间有一丝的憋闷。那篇报道果然引来了很强烈的反响，而且有许多报纸将那篇报道转载了去。每周的例会上，经理毫不吝惜对我们的称赞，又说相信以后我们会做出更多角度独特的报道，给报社带来更大的知名度。

例会之后沈拉我去喝酒，我却找了个理由推掉了。我第一次发觉，没有我，原来沈一样优秀，而我没有沈，却会突然地黯淡下去。那段时间，因为几名记者被抽去外地采访，我和沈的任务一下子增多了。经理开始让我们分开去采访，这让我们有了更多表现的机会，亦让我和沈鲜明地将各自的实力摆在了经理面前。沈一向是个聪颖的人，再小的任务，他都会写出漂亮又吸引眼球的报道来，而且他有天生的勤奋和努力，别人不愿干的采访，他总是主动接下来。他的名

字，愈来愈多地出现在报纸上。经理甚至有一次当着全体员工的面，给他发了红包。那是第一次我坐在台下，看着台上领奖的沈，没有我站在身旁陪伴，沈似乎也有一丝异样，但更多的，我看到的，还是他的兴奋与喜悦。

那天晚上沈来找我，我坐在电脑前写着新闻，没理会他递过来的烟，还有提来的酒。他一个人在我身后默默吸了许久的烟，终于站起来，拍拍我的肩，一言不发地走开了。听着门在身后闭上的声音，我的心也突然像被切掉一块似的，剧烈地疼起来。

实习结束的时候，我收拾自己的东西，打算离开报社。我早已听说，我和沈只留下了一个。被 PK 掉的那个人，我想当然会是我。去经理那儿领最后一份薪水的时候，我却同时接到了经理的聘任书。我惊讶地问经理："那么沈呢?"经理一脸可惜地说："他说他已经与北京的一家报社签了约，我本希望你们两个都可以留在本报的。"

我打电话给已经飞去北京的沈，在说了一句"好兄弟"之后，哽咽得再也说不出一个字。沈在电话那端哈哈大笑："毕业的时候说好不分手，不许哭，现在我们还没毕业，怎么你这家伙就先没出息地哭了？况且，我们兄弟俩可是说好了让这份情谊长满白胡子的噢!"我终于笑出来，我说："兄弟，我等着你从北京回来，你跑再远，也别想与我散！"

其实什么都不必说，我和沈都明白，这份兄弟间的情谊，是会天长地久地与我们一路同行的。

我和狼的友谊

那年春天我去阿拉斯加淘金。一天早上，我沿着科霍湾寻找矿脉。穿过一片云杉林的时候，我突然停住了脚。前面不超过 20 步远的一片沼泽里有一匹阿拉斯加大黑狼，它被猎人老乔治的捕兽夹子夹住了。

老乔治上星期心脏病突发，死了。这匹狼碰上我真是运气。但它不知道来人是好意还是歹意，疑惧地向后退着，把兽夹的铁链拽得绷直。我发现这是一只母狼，乳房胀得鼓鼓的。附近一定有一窝嗷嗷待哺的小狼在等着它回去呢。

看样子母狼被夹住的日子不长，小狼可能还活着，而且很可能就在几英里外。但是如果现在就把母狼救出来，弄不好它非把我撕碎了不可。

我决定还是先找到它的小狼崽子们。地面上残雪未消，不一会儿我就在沼泽地的边缘发现了一串狼的脚印。

脚印伸进树林约半英里，又登上一个山石嶙峋的山坡，最后通到大云杉树下的一个洞穴，洞里悄无声息。小狼警惕性极高，要把它们诱出洞来谈何容易。我模仿母狼召唤幼崽的尖声嗥叫，但没有回应。

我又叫了两声。这次，4 只瘦小的狼崽探出头来。它们顶多几周大。我伸出手，小狼试探性地舔舔我的手指，饥饿压倒了出于本能的疑惧，我把它们装进背包，由原路返回。

可能是嗅到了小狼的气味，母狼直立起来，发出一声凄厉的长嗥。我打开背包，小家伙们箭也似的朝着母狼飞奔过去。一眨眼的工夫，4 只小狼都挤在妈妈的肚子下面吧唧吧唧地吮奶了。

接下来怎么办？母狼伤得很重，但是每一次我试图接近它，它就从嗓子里发出低沉的威胁的叫声。带着幼崽的母狼变得更有攻击性了。我决定先给它找点吃的。

我朝河湾走去，在满是积雪的河岸上发现一只冻死的鹿。我砍下一条后腿带回去给母狼，小心翼翼地说："好啦，狼妈妈，你的早饭来啦。不过你可别冲我叫。来吧，别紧张。"我把鹿肉扔给它。它嗅了嗅，三口两口把肉吞了下去。

接下来的几天，我在找矿之余继续照顾母狼，争取它的信任，继续喂它鹿肉，对它轻声说话。我一点一点地接近它，但母狼时刻目不转睛地提防着我。

第五天薄暮时分，我又给它送来了食物。小狼们连蹦带跳地向我跑来。至少它们已经相信我了，但是我对母狼几乎失去了信心。就在这时，我似乎看到它的尾巴轻轻地摆了一摆。

它站着一动不动。我在离它近 8 英尺的地方坐下，心都快跳到嗓子眼儿了。它强壮的颌骨只消一口下去，就能咬断我的胳膊，甚至脖子。我用毯子裹好身体，在冰凉的地上躺下，过了好久才沉沉睡去。

早上我被小狼吃奶的声音吵醒，我轻轻探身过去抚摩它们，母狼僵立不动。

接着我伸手去摸母狼受伤的腿，它疼得向后缩，但没有任何威胁的表示。

夹子的钢齿钳住了它两个趾头，创口红肿溃烂。但如果我把它解救出来，它的这只爪子还不至于残废。

“好的，”我说，“我这就把你弄出来。”我双手用力掰开夹子。母狼抽出了腿。它把受伤的爪子悬着，一颠一跛地来回走动，发出痛楚的叫声。根据野外生活的经验，我想它这时就要带着小狼离去，消失在林海里了，谁知它却小心翼翼地向我走来。

母狼在我身侧停下，任小狼在它周围撒欢儿地跑来跑去。它开始嗅我的手和胳膊，进而舔我的手指。我惊呆了。眼前这一切推翻了我一向听到的关于阿拉斯加狼的所有传闻。然而一切又显得那么自然，那么合情合理。

母狼准备走了。它带领着孩子们一颠一跛地向森林走去，走着走着，又回过头来看我，像是要我与它同行。在好奇心驱使下，我收拾好行李跟上它们。

我们沿着河湾步行几英里，顺山路来到一片高山草甸。在这里我看到了在树丛掩蔽下的狼群。短暂的相互问候之后，狼群爆发出持续的嗥叫，时而低沉，时而凄厉，听着真让人毛骨悚然。

当晚我就地宿营。借着营火和朦胧的月色，我看见狼的影子在黑暗中晃动，时隐时现，眼睛还闪着绿莹莹的光。我已经不怕了，我知道它们只是出于好奇，我也是。

第二天天一亮我就起来。母狼看着我打点行装，又目送我走出草甸。直到走出很远，母狼和它的孩子们还在原地望着我。不知怎的，我居然向它们挥了挥手。母狼引颈长啸，声音在凛冽的风中回荡，久久不绝。

4 年后，我服完兵役，于 1945 年秋天又回到了科霍湾，无意间发现了我挂在树枝上的那只兽夹。夹子已是锈迹斑斑。我不禁再次登上那座山，来到当年最后一次见到母狼的地方。站在高耸的岩石上，我发出狼一样的长嗥，余音在山谷间回响。我又叫了一声，回音再次响起，这一次却有一声狼嗥紧随其后。远远地，我看见一道黑影朝这边缓缓走来，那是一匹阿拉斯加大黑狼。一阵激动传遍我的全身。时隔 4 年，我还是一眼认出了那熟悉的身影。“你好，狼妈妈。”我柔声说道。母狼挨近了一些，双耳竖立，全身肌肉紧绷。它在离我几码远的地方停下，蓬松的大尾巴轻轻地摆了一摆。

须臾，母狼不见了。我再没见过它，但它留给我的印象却始终那么清晰，那么怪异，让我挥之不去，让我相信自然界中总有一些超出常理的东西存在。

朋友应该做的事情

杰克把建议书扔到我的书桌上——当他瞪着眼睛看着我的时候，他的眉毛蹙成了一条直线。

“怎么了?”我问。

他用一根手指戳着建议书。“下一次，你想要做某些改动的时候，得先问问我。”说完就掉转身走了，把我独自留在那里生闷气。

他怎么敢这样对待我，我想。我不过是改动了一个长句子，纠正了语法上的错误——这些都是我认为我有责任去做的。

并不是没有人警告过我会发生这样的事情。我的前任——那些在我之前在这个职位上工作的女人们，称呼他的字眼都是我无法张口重复的。在我上班的第一天，一个同事就把我拉到一边，低声告诉我：“他本人要对另两位秘书离开公司的事情负责。”

几个星期过去了，我越来越轻视杰克。

一天，他又做了一件令我十分难堪的事后，我独自流了很多眼泪，然后，我像一阵风似的冲进他的办公室。我准备如果需要的话就立即辞职，但必须得让这个男人知道我的想法。我推开门，杰克抬起眼睛匆匆地扫视了我一眼。“什么事?”他生硬地问。我突然知道我必须做什么了。毕竟，他是应该知道原因的。

我在他对面的一把椅子里坐下来。“杰克，你对待我的态度是错误的。从来没有人用那种态度对我说话。作为一名专业人员，这是错

误的，而我允许这种情况继续下去也是错误的。”我说。

杰克不安地、有些僵硬地笑了笑，同时把身体向后斜靠在椅背上。我把眼睛闭上一秒钟，上帝保佑我，我在心里默默地祈祷着。“我想向你作出承诺：我将会是你的朋友。”我说，“我将会用尊重和友善来对待你，因为这是你应该受到的待遇，你应该得到那样的对待，而每个人都应该得到同样的对待。”我轻轻地从椅子里站起来，然后轻轻地把门在身后关上。

那个星期余下的时间里，杰克一直都避免见到我。建议书、说明书和信件都在我吃午餐的时候出现在我的书桌上，而我修改过的文件都被取走了。一天，我买了一些饼干带到办公室里，留了一些放在杰克的书桌上。另一天，我在杰克的书桌上留下了一张字条，上面写着“希望你今天愉快”。

接下来的几个星期里，杰克又重新在我面前出现了。他的态度依然冷淡，但却不再随意发脾气了。在休息室里，同事们把我迫至一隅。

“看看你对杰克的影响。”他们说，“你一定狠狠责备了他一通。”

我摇了摇头。“杰克和我现在成为朋友了。”我真诚地说，拒绝谈论他。其后，每一次在大厅里看见杰克时，我都会先向他露出微笑。

因为，那是朋友应该做的事情。

在我们之间的那次“谈话”过去一年之后，我被查出患了癌症。当时我只有 32 岁，有着 3 个漂亮聪明的孩子，我很害怕。手术之后，我与那些一心想找到合适的话来说的朋友们聊天。没有人知道应该说什么，许多人说话语无伦次、颠三倒四，还有一些人忍不住哭泣。我

尽量鼓励他们，我固守着希望。

住院的最后一天，门口出现了一个身影，原来是杰克。他正笨拙地站在那里，我微笑着朝他招了招手。他走到我的床边，没有说话，只是把一个小包裹放在我身边，里面是一些植物的球茎。“郁金香。”他说。我微笑着，一时之间没有明白他的意思。

他清了清喉咙。“你回到家里之后，把它们种到泥土里，到明年春天，它们就会发芽了。”他的脚在地上蹭来蹭去，“我只是想让你知道，当它们发芽的时候，你会看到它们。”

我的眼睛里升起一团泪雾，我向他伸出手去。“谢谢你!”我轻声说。

杰克握住我的手，粗声粗气地回答：“不用谢。你现在还看不出来，不过，到明年春天，你将会看到我为你选择的颜色。”他转过身，没说再见就离开了病房。

现在，那些每年春天都能看到的红色和白色的郁金香已经让我看了10多年。今年9月，医生就要宣布我的病已经被治愈了。我也已经看到了我的孩子们从中学里毕了业，走进了大学的校门。

在我最希望听到鼓励的话的时候，一个沉默寡言的男人说出了它们。

毕竟，那是朋友应该做的事情。

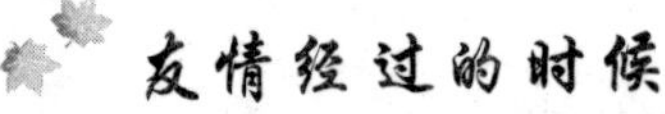

友情经过的时候

西西是个古灵精怪的奇女子。传说中她性情豪爽，义薄云天。我一向是孱弱的笨丫头，听了有关她的传言，心生倾慕，只恨无缘得识。那时候，我刚过完 16 岁生日，是心无城府的年纪。

学校举行的“畅想明天”演讲比赛，林西西在众多招摇的选手中脱颖而出，以清新洒脱的风格一举夺冠。那天，是我第一次看到林西西。娇俏玲珑的女孩子，笑起来睫毛一颤一颤，似乎天空都要明亮起来。我一直是喜欢她的。有时候，在人群里远远看着她眉飞色舞、神采飞扬，我亦会觉得欢喜，会微笑。高三，年级里重新分班。我惊喜地发现，林西西和我分到了一班。

我搬着课桌进教室，在门口看到林西西，她歪着头微笑了一下，接过我手里摇摇欲坠的桌子。

我愣在那里，不知所措。

林西西回头，眉毛飞起来：“辛小想，跟我来呀。”

天哪，林西西居然知道我的名字。

按照老师排好的座位表，我坐在林西西后面第二排。

林西西抱着我庞大的桌子，放好，喘了口气：“辛小想，我很早就认识你了，我叫林西西。”

“嗯，我知道。”

我笑，心里暖暖的。

就这样，我们成了很好的朋友，没有繁文缛节，没有相互的试探，仅仅是一个微笑，便自心底觉得温暖，似乎相识许久。

那时候，总是有说不完的话。一下课，我俩便手牵手奔到外面，或是倚在教室西侧的梧桐树旁，或是信步走到前面的实验楼，或是穿过回廊拐到学校的后花园。

边走边说话，两人不亦乐乎。往往是还没到目的地，上课铃声便响了，两个人便相视一笑，开始往回飞奔。林西西总是比我跑得快，然后在教室门口等我一会，一起进教室。

时间久了，连老师都常常开我们的玩笑，遇着我们中的一个，会惊讶地说："咦，怎么不见你的莫逆之交啊？"

当时，我和林西西都爱极了《萌芽》，每到新刊发行的那天，我们就跑到邮局去买。有时候下雨，林西西便脱了外套，把《萌芽》抱在怀里，在雨中拉着我一路飞奔，笑声若银铃，弥漫在空旷街道的雨林中。

回去之后，晚自习第一节我看，下了课我会把书给林西西，告诉她哪一篇最好看。再逢下课，便凑在一起争论哪段写得精彩，哪个人物最讨人喜欢……

现在想来，那是一段多么美好的岁月。两个人在一起，谈论的话题亦不是很有趣，但是因为有友情在，就觉得周围的一切都是美丽的，聊起天来无限欢喜，常常笑得前俯后仰。

我从小就挑食，却偏偏对素包子情有独钟。从我们学校向南穿过一条街，有一个"2000 年早餐店"，那里的素包子很对我的口味。每天下午放学后，林西西便骑了自行车载着我，奔向"2000 年早餐

店”。两个人笑闹着，坐在长长的落地窗前，要一碗甜甜的玉米羹，吃一个粉条豆腐馅的素包子。

林西西常常不无得意地说：“以后呀，我就在车站附近开一家素包子店，让你一回家就闻着香味跑过来。”那时候，我们还约定，以后一定要考到同一个城市读大学，然后在同一个城市工作，租同一所房子，林西西做饭，辛小想洗衣服，一人洗一天碗。有时候林西西的淘气劲上来，非要跟我换衣服，然后拉着我在大街上大摇大摆地走。有一次遇着林西西的妈妈，她骑车从后面过来，抓住我的衣服直喊西西，林西西在一旁乐得拍手哈哈大笑。

林西西喜欢西瓜，我喜欢香蕉。因此每次有香蕉，林西西总借故说不爱吃，都推给我。

很久以后我才知道，原来林西西也非常喜欢香蕉，因为知道我喜欢，自己舍不得吃，全部让给我。

那时候，林西西经常唱徐怀钰的《水晶》，只是把歌词改了。她唱的歌声音好听，旋律优美：“你给我的友情，好像水晶，没有秘密，彼此干净又透明……”

那个高三，因着林西西和我透明的友情，而美丽非凡。

然而，就是这样一份干净又透明的友情，亦遭遇了淡去的那一天。

逢老师再调座位，我和林西西绞尽脑汁罗列了一大堆理由，请求老师让我们俩坐同桌。拗不过我们的苦苦哀求，古板的班主任最终同意了。

把桌子搬到一起的那天，我们高兴坏了。然而让人始料未及的

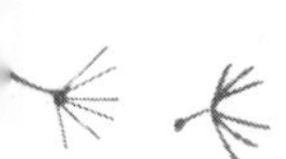

是，距离近了，心却渐渐远了。

两个人天天在一起，久而久之，难免会起些摩擦。而林西西和我又是太相似的人，太重感情，容易受伤。由于对这份友情寄予的期望很大，日子一久，便免不了有些失望。

每次吵架之后，林西西会悄悄放一颗哈密瓜味的水果糖在我桌上，以示和好。我嚼着水果糖，心中那种即将失去的预感却愈加强烈。

如此反复，就有了疲惫的感觉，不想再靠近。终于有一天，林西西不辞而别，搬着桌子移到了别的位置。

再遇见，便只是微笑着擦肩。

已进入三轮备考阶段，每个人都忙得似陀螺一样。我亦无暇再去“2000 年早餐店”买素包子，也很久没有吃香蕉。有时候在路上看到林西西，心还是痛的。

高考之后，我和林西西分别去了不同的城市。在陌生城市的街头，熙来攘往的人群里，我还是经常想念林西西。

冬天来临的时候，林西西寄了几米的《向左走，向右走》给我，精致的图画、唯美的文字，述说着城市丛林里的温暖寓言。

我回信：林西西，小想一直都很想念你。春暖花开的时候，来这里看我吧，咱们去郊外爬山，这一次，我不会再输给你了。

柳树刚刚吐露新芽，冬天的尾巴还未完全消失的时候，林西西就从繁花盛开的江南风风火火地赶来了。她穿着浅紫色的棉布长裙，罩着纯白的小风衣，一边翻箱倒柜地找我的羽绒袄，一边哆嗦着说：虽然北方的阳光很明媚，覆雪的山很壮观，但是真的冻得受不了啦。

林西西带了“谭木匠”的小梳子和小镜子给我，小巧而精美，我一直带在身边，每次梳头发的时候，都会想起她歪着头微笑的样子。

林西西不无得意地说：这样比在车站旁开素包子店更能拴住你小丫头的心。

果真如这古灵精怪的奇女子所言，我，辛小想，每次梳头发都会想念她。即使不常联系，亦时时惦记。

这，便是真正的友情吧，或许一生一世？

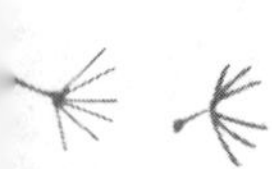

奇遇灵狐

我在深山游玩，不幸落入一个深坑中，身陷绝地。上面的一只赤狐非常友善，不仅没伤害我，还给我送食物，驱赶毒蛇。在最危急的时刻，它甚至不惜用自己的血肉之躯为我引来了救兵……

大二那年暑假，我到乡下大姨家去度假。那是位于桂西凤凰山深处的一个小山村，附近山上有大片的森林，风景很美。

一天，我独自去山里转，太贪玩，竟然迷了路，整整一下午也没走出去。太阳眼看要落山，我彻底慌了神。听说近年来山上狼豹之类的野兽又多了，经常伤害家畜……我慌不择路地顺一座山坡朝下跑，突觉脚下一空，收不住腿，栽落到一个深坑中，“扑通”一声落地，我连摔带吓，几乎休克。

身上好像并不是特别疼，我很快有了知觉。原来地上有许多枯枝败叶，堆了厚厚一层。抬头可以看见几颗星星，我第一个念头就是马上上去。不过这坑也太深了，起码有 4 米，坑壁光滑，我爬了半晌，根本上不去！

这个坑不像陷阱，可能是喀斯特地形的漏斗吧。因为过于恐惧，我呼吸急促，头昏脑胀，颓然倒在地上，看来今晚只能在这里坐井观天了。

我努力适应坑里的黑暗，刚刚好受一点儿，突然，耳边传来了几声诡异的叫声。天哪，什么声音？四下搜寻，一双绿莹莹的眼睛出现

在离我三四米远的地方。

我吓过了头，也许是物极必反吧，竟然不怎么怕了。借着淡淡的月光，我发现那是个四足小动物，很像一条小狗，细看是一只小赤狐，它很虚弱，很稚嫩，准是受了伤。我相信它对我没有威胁，也许和我一样是失足跌进来的。

我和这只小赤狐对峙着，度过了漫长而痛苦的一夜。清晨，天光渐亮，我总算看清了它。它的确很小，受伤不轻，无法站立，硬撑着在那里趴着。

突然，坑上面传来野兽的“呜呜”叫声，我急忙抬起头，只见一只大赤狐正从坑口探头往下看。它个头儿很大，披着棕红色的毛，尖尖的嘴巴，呼吸急促，显得很焦急。肚皮下有两排明显的乳头，看来是条母狐。小赤狐闻声也立即叫起来，彼此你呼我应，令人动容。看来这是一对母子。母赤狐边叫边在坑口来回转悠，可实在不知怎样救孩子。

母赤狐昨晚可能去找吃的了，长途奔跑了很远，刚刚返回，发现孩子不见了，这才找到这里。看它那架势，恨不能一下跳进来，把孩子救出去。一向心地善良的我突发奇想，何不帮忙把小赤狐弄出去呢？那样母赤狐也就会走开了。

说干就干。我来到小赤狐身边，试图抱它，它立刻怪叫起来，母赤狐也发出可怕的咆哮。我竭力向母赤狐证明我的友好，接着避开小赤狐的爪子，掐住它的背，把它抱了起来。事不宜迟，我估量了一下，使出全力将它往上一抛。坑虽然很深，但只要让它落在坑外，不至于再掉进来，就绝不会摔伤。

果然，小赤狐被抛在坑口边上，母赤狐非常敏捷，一口就把它叼开了。听着它们欢喜的叫声，我感到十分欣慰。母赤狐又回来看了我几次，摇头摆尾，好像表示感谢，又好像很奇怪我为什么一直可怜巴巴地坐着。后来它们母子远去了。

我睡了一觉，起来就开始大喊大叫，呼喊救命，希望有人听到。可我喊破了嗓子，也没有一个人来，这里太荒僻了。我眼冒金星，再次瘫在地上。

根据透进坑中的光线判断，已经是下午了，我已整整一天没吃东西，恨不得抓几把青草往嘴里塞，挨饿的滋味真不好受啊！突然，坑上掉下来一个东西，落在我身边。原来是几个野果，抬头一看，那只母赤狐正往下看，野果无疑是它扔的。我感到匪夷所思，但仍然捡起了野果。从母赤狐的眼神看，它是想让我吃了野果，真是不可思议！也许它明白是我帮它救了孩子，想报答我呢！多有灵性，而且这么仁义，不是亲身经历，真不敢相信狐狸能做出这种事。我感激地吃了野果，立刻觉得身上有劲儿了。

接下来的两天，母赤狐每天都给我送不少野果。野果营养丰富，汁液充足，又能当干粮又能解渴，坚持一个礼拜应该没问题。真是天无绝人之路，让我遇上了这么一条友善的母赤狐。它之所以这么做，一方面是知恩图报，一方面肯定是它身上的母性使然。它正处在哺乳期，对弱小的生命有一种本能的爱。著名的动物学家古道尔说过，“动物也懂得爱和同情”，真是一点儿不假。

谁知我刚刚适应这坑里的环境，新的劫难又降临了。第三天下午我正在胡思乱想，忽然听到“嘶嘶”的声音，抬头一看，我的妈呀，

原来是一条毒蛇正在坑口！从它身上的金黄色环纹看，是一条金环蛇，它可是有剧毒，仅次于眼镜蛇和五步蛇！它好像想下来，不时往下探身子，那喷出的蛇芯和两根毒牙清晰可见！我吓傻了，浑身发抖。

我不想坐以待毙，决定一搏，抓起一块石头瞄准金环蛇砸过去。但金环蛇反应出奇的敏捷，眨眼间窜到一旁，躲开了。我目瞪口呆，坏了，这下反而可能激怒它了，它很快就会向我进攻，我的处境更加危险！

我不顾一切地大叫："救命！救命啊……"

真是天无绝人之路，就在金环蛇又气势汹汹探出头来时，那只母赤狐赶来了，它本来是要给我送果子，太巧了！母狐对金环蛇一阵恐吓驱赶，僵持好一阵后，果子扔了下来，看来金环蛇已被母狐赶跑了。我的泪水不由自主夺眶而出……

母赤狐离去后，天阴沉下来，猛烈的山风过后，下起了大雨。山上的雨水顺山坡流下，全灌到了坑里，很快就有半米深了。坑底的沉积物全漂起来，散发着难闻的气味。我可惨了，无处躲藏，只能泡在水里。雨还一直下，没有任何停下来的迹象，雨水很快就可能灌满整个坑，而我不会游泳！看着水位慢慢上涨，泪水和雨水流满了我的脸。我热爱这世界，生活对于我才刚刚开始，但我就要离开了……

唯一让我感到欣慰的是，母赤狐不时出现在坑口。看得出它非常焦躁，想帮助我，但无能为力。雨越下越大，母赤狐浑身已被淋湿，它冲我叫了几声，便不见了。

又过了许久，坑里的水已淹到了我的胸部，忽然听到上面传来异

样的声音。片刻，一个影子从坑口窜了过去，好像是那只母赤狐，它急急忙忙地在干什么？接着我听到了一声枪响，是那种老式猎枪发出的，很响，是不是有人来了？我像抓到了救命稻草，拼尽全身的力气大喊："救命呀，救命呀……"

几分钟后，一个人影出现在坑口，见了我立刻惊叫起来，过了一会儿才问："你、你，你是人是鬼？"我当时蓬头垢面，龇牙咧嘴，只有脑袋露在水面上，这里又是荒山野岭的，谁见了我都会以为是鬼。我忙说："我……是人，真的是人！我叫阿火……快救我上去！"

上面的人犹豫半天，才扔下来一条绳子。我抓住绳子，使劲往上爬，可身上哪还有力气？上面喊道："快把绳子系到身上！"我总算头脑还清醒，拼尽全力把绳子牢牢拴在胸部，终于被拉了上来。

我认出救我的人是庭华叔，他住在山上以种药材为生，有时也猎杀一些害兽。他给我讲过故事，知道我喜欢在山里撒野。他也认出我来，连声说："你真的是城里来的大学生阿火！我听声音像，这几天全村人都找你也找不着，没想到……总算没事，没事就好啊！"

连连道谢后，我问："庭华叔，你是怎么找到这里来的？"

"这地方难找啊！一般人谁来这里？说来真稀奇，是一只赤狐把我引到这里来的！本来天下雨，我躲在石头房里不想出来，可一条大赤狐老在房子外跑来跑去，还一个劲地叫，我气得没办法，提着枪去追它。这家伙狡猾极了，躲躲闪闪的，好像故意捉弄人！这不最后给引到这里来了……它猛地跳了一下后，突然停下来，我看它不像好东西，就开枪了……"

“那你打中它了?”我急切地问。

“它太机灵了，早有准备，纵身一跃，估计只伤着它一点皮毛……”

我全明白了，是那条母赤狐千方百计地引来了庭华叔！它全是为了救我，弄得自己挨了枪子儿！我一时百感交集，加之身体极度虚弱，猛觉天旋地转，终于不省人事了。一天一夜后，我才恢复了正常。我马上打听那条母赤狐，并含着泪讲述了自己那几天的经历。人们听了都非常感动，庭华叔当场表示，以后决不再打赤狐，也不随便伤害别的动物。

这场磨难在我心中留下了深深的烙印，但更让我刻骨铭心的是那只母赤狐，它在我最危难的时刻帮助了我，使我真正感受到了爱和友善的伟大。我决心尽我所能，帮助那些需要帮助的朋友，让世界听到我内心的感动……

把朋友当作一个朋友

我迫不及待地想到学校去见我的朋友们，我不知道他们看到我时会有什么样的反应，但是肯定不会像 3 年前他们与我初次见面时那样。

那一天是我从别的学校转到这个学校的第一天。爸爸将我送到学校门口时，我真不愿意下车。我感到自己十分丑陋。我的身上绑着支架，走起路来显得滑稽可笑。我真希望在原来的学校，因为那里有我的朋友，他们在我绑着这个支架前就认识我了，知道我其实并不是现在的这副怪模样。我坐在自己的座位上，心里知道大家都在看我。谁叫我是他们看到的最奇怪、最丑陋的人呢？让他们看去吧。我不去看他们，泪水却夺眶而出，我赶忙将它们擦掉。我多么想找一个没人的地方躲起来呀！

我垂下头自我打量，我的衣服非常好看，但是，支架把我毁掉了。这个奇怪的装置是用钢和皮革做成的。我的腰部被宽宽的皮带束紧，两根钢条从后背向上延伸，其中一根由肩部弯曲，然后支撑脖子，固定住了头部，我如果想掉头的话，就必须转动整个身子。不过，我根本就不想掉头。我不愿意看到那些好奇的眼神，不愿意听别人问这问那、评头论足。那一天是多么难熬呀！以后的日子，我也度日如年。直到认为大家都习以为常见怪不怪了，我才开始试着和同学们交朋友。然而，我仍时常有自卑感，觉得自己有碍观瞻。我盼望支

架能早一天从我身上拆除下来。

这一天终于到了，支架一拆下来，我就激动地抱住了医生。本来我想打电话告诉班上与我处得最好的丹丽艾尔，但我改变了主意，我想让她大吃一惊。同学们看到我没了支架，一定都会大呼小叫的。下了爸爸的车，我蹦蹦跳跳地往教室跑去。

上第一节课时，没有人提一个字。第二节课的时候，还是没有人注意到我的变化。我心中有些担心。也许没有了支架的我依然很丑！或者我的朋友们并不像我想的那样关心我？又是一节课，我还在等待，可他们仍然丝毫没有反应。到了下午放学，我既感到困惑，又感到受了伤害。连我最好的朋友丹丽艾尔都没有对我拆除支架的事发表一句评论，她明明知道我有多么讨厌那个支架的啊。我打算晚上到丹丽艾尔家去，如果她还不提这件事，我就自己说出来。可是，我在她家都快有 3 个小时了，她居然还是只字不提我的变化。我走出她的房间，悄悄地问她的妹妹娜芬。“娜芬，你看出我有什么变化了吗？”我问。

“是你的发型变了吗？”她问。“不，不是发型。”我不耐烦地说，“是支架，我的支架拆除了！”我转了一个圈，夸张地摇了摇头，“看到了吗？支架没了！”娜芬看了我一眼：“怪不得看你好像有什么变化，原来是支架不在了。”

我十分奇怪，那个在我看来丑陋无比的支架，那个曾经压在我心头让我自卑不已的支架，为什么好像从来没有出现在这些朋友的眼里？当丹丽艾尔走出来时，我终于忍不住问了她。

丹丽艾尔的回答令我吃惊，她的表情平静而自然，只简单地说：

“安妮，这是个再小不过的事情。因为，我只记得你是我的好朋友，我在看到你时只想着你是我的一个朋友，从没有想过，你有支架还是没有支架啊！”

听了丹丽艾尔的话，我才终于意识到，我之前的那些自卑是多么愚蠢。当朋友接受了我这个人，那么他们眼中的朋友就只是一个朋友，就是这么简单，他们不会去想朋友的丑陋，不会在意朋友的缺陷，只是把她当作一个最普通的人看待，这样才可以称得上是最好的朋友！而我也想告诉所有年轻人，把你的朋友当作一个朋友看待是多么难能可贵。

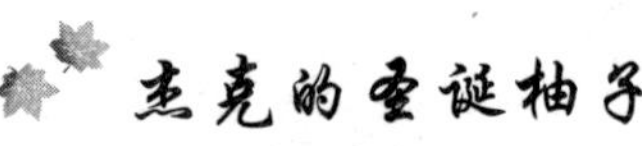

杰克的圣诞柚子

杰克长着一头乱七八糟的褐色的头发和一双天使般明亮的蓝眼睛。杰克从记事开始就一直住在一所孤儿院里。那里只有 10 个孩子，杰克是其中之一。孤儿院的资源非常匮乏，唯一的经济来源就是艰难地、持续不断地向这个城市里的居民们发起的募捐活动。

孤儿院里的食物很少，不过，虽然孩子们平时总是饥一顿饱一顿的，但是每当圣诞节来临的时候，那里总是有比平时多一点的食物可以吃，孤儿们也比平常要居住得暖和些。而且，这时候，孤儿院里总是笼罩着一种喜气洋洋的节日气氛。当然，最重要的是，这时候，那里有圣诞节的柚子！

圣诞节是一年中唯一一个提供精美食品的时候，每一个孩子都把圣诞节的柚子当作珍宝一样看待，好像在这个世界上，再也没有什么食物比它更好吃了。他们用手抚摸着它，感觉着它那又凉爽又光滑的表面，一边赞美它，一边慢慢地享受着它那酸甜的汁水。毫不夸张地说，这个柚子在孤儿们的眼中是圣诞之光。因此，可以想象得出，当杰克收到他的礼物时，他将会感到多么喜悦啊！

可是，在圣诞节的前一天，杰克不知在哪里不慎踩了一靴子的湿泥，而他自己一点也不知道。他从孤儿院的前门走进去，在新铺的地毯上留下了一长串带着湿泥痕迹的脚印。更糟糕的是，他甚至没有注意到这一点。等到他发现的时候，一切都太晚了。惩罚是不可避免的，而惩罚的方式却是出人意料而无情的：杰克将得不到他的圣诞柚子！这个圣诞柚子是他从他所居住的这个冷酷的世界里能够得到的唯一的一份礼物。但是，在盼望了整整一年后，他却将得不到它。

杰克含着眼泪恳求原谅，并且许诺以后再也不会把泥土带进孤儿院里来，但是没有用。他有一种无助的、被抛弃的感觉。那天夜里，杰克趴在他的枕头上哭了整整一夜。在圣诞节那天，他感觉内心空虚而孤独。他觉得别的孩子不希望和一个被处以这样一种残酷的惩罚的孩子在一起。也许，他们担心他会毁掉他们唯一一个快乐的日子；也许，他在心里猜想，之所以有一道鸿沟横在他和他的朋友之间，是因为他们害怕他会请求把他们的柚子分给他一点儿。那一整天，杰克一直待在楼上那冰凉的卧室里。他像一只受冻的小狗一样蜷缩在他唯一的一条毯子底下，可怜兮兮地读着一本关于一个家庭被放逐到荒岛上的故事书。只要杰克拥有一个真正关心他的家庭，他并不介意他的余生将在一个与世隔绝的荒岛上度过。

最糟的是，睡觉的时间到了，杰克却怎么也睡不着。他怎么说他的祈祷词呢？他在又凉又硬的地板上跪下来，轻轻地呜咽着，祈求上帝为他和像他一样的人们结束世间的一切苦难。当杰克从地板上站起来，爬回到他的床上时，一只柔软的手摸了摸他的肩膀。他吃了一惊。接着，一个东西被轻轻地放在了他的手上。然后，给他东西的那个人什么也没说，就悄无声息地离开了房间，把不知所措的杰克留在了黑暗里。杰克把手里的东西举到眼前，就着昏暗的灯光，他看到它好像是只柚子！不过，它不是一只光滑的、形状规则的普通柚子，而是一只非常特殊的柚子。在一个用柚皮碎片拼接在一起的柚壳里，有

9 片大小不一的柚子瓣儿。那是为杰克做成的一只完整的柚子！是孤儿院里的其他 9 个孩子从他们自己珍贵的几瓣柚子中每人捐出了一瓣，组成的一只完整的、送给杰克做圣诞礼物的柚子！那一刻，杰克泪如雨下。那是他收到的最美丽、最美味的一只圣诞柚子。

寄宿的女生们

曹堡中学是一所寄宿中学，数年来保持着晨读的习惯。

这天，晨读风气历来最好的初三（1）班里，同学们有的在整理书本，有的在检查昨晚的作业。突然，一个女孩子尖声叫了起来："我的软皮本怎么不见了？还是刚买的呢！"大家扭头一看，是蔡燕，只见她撅起嘴，瞪着眼看着周围的同学，一副气鼓鼓的样子。

正在这时，肖红也嚷嚷起来："我的软皮本也不见了！哎呀，我们班出贼了！"蔡燕得知好朋友也遭不幸，气得一个劲地捶课桌。

紧接着，大家马上发现窗户上缺了一块玻璃，看来是贼夜间砸了玻璃进来的。又有几个同学连忙检查自己的抽屉，还好，其他没丢什么。

曹小玲与肖红、蔡燕、林英同村，自然比其他同学更关心此事，她也在一边嚷嚷道："什么值钱的东西不能拿，偏拿两本本子？"忽然，她惊叫起来："天哪！这是什么？"只见她从自己的抽屉里拿出了两本崭新的软皮本……蔡燕、肖红走过去一看，正是她们的！

班长走过来一边打扫碎玻璃一边说："我看呐，可能是什么人搞恶作剧。但闹归闹，犯不着打碎玻璃呀。"班长又挥挥手，说："走吧，走吧，读书去！"

这件事过去了，不过是打碎一块玻璃，可更奇怪的事还在后头呢。

第二天早晨，蔡燕起床时，又开始嚷嚷开了，说找不到自己的毛衣了。她只穿着件棉毛衫，怕冷，便用脚蹬蹬那头的肖红："帮我找找毛衣，我要冻死了。"肖红不情愿地钻出被窝，帮她翻找："在哪儿？找不到……哎，我的呢，我自己的呢？喂喂喂，大家都给我起来，帮我们找找！"同宿舍的同学纷纷钻出被窝，可寻找的结果使大家又一次惊叫起来——蔡燕和肖红的毛衣，一共5件，整整齐齐叠在曹小玲的床里边！

这时同学们的眼睛都盯着曹小玲，曹小玲急得要哭了："这不是有人存心要害我吗？"

等女孩子们七手八脚穿戴完毕、洗漱干净来到教室时，教室里又发生了一件不太新鲜的故事：刚装好的玻璃打碎在地，蔡燕和肖红的软皮本第二次"跑"到了曹小玲的抽屉里。

这下班长可不乐意了，板着脸，目光在与蔡燕、肖红、曹小玲三人同宿舍的女生们脸上扫视两遍，用神探一般的口吻说道："问题出在你们当中的一个人身上。"

班长的判断是绝对正确的，那么，这个人又是谁呢？

这天夜里，女孩子们约定，一夜不睡，也得把事情搞个水落石出。但说归说，做归做，初三的学习太紧张了，又是冬天，一进暖和的被窝，每个人差不多都只坚持了半小时不到，就睡着了。只有林英一直睁着眼，她不甘心让好朋友曹小玲受冤屈。

冬夜很寂静，宿舍里只有女孩子们轻轻的鼻息声此起彼伏。林英有点害怕，不过这样倒好，瞌睡被赶得无影无踪了。抬头看看对面，蔡燕和肖红熬不过，早已睡得烂熟。"哼，看我明天不训你们！"林英

正这么想着，睡在脚头的曹小玲却动了起来。

林英感到她坐起来了，不觉奇怪：“她是不是要小便?”耳边听她窸窸窣窣一阵作响，忍不住抬头一看，曹小玲已穿得整整齐齐，对她根本不看一眼，一掀被子下了床，往门边走去。

林英正想喊她，却被看到的景象吓住了：曹小玲走路的样子很奇怪，轻盈盈、虚飘飘的，像精灵一样一跳一跳。林英霎时被自己的想法吓坏了：“奶奶说，只有鬼走路才会一跳一跳的，小玲难道是被鬼迷住了?”林英吓得手脚冰凉，心也“扑通扑通”地要跳出来。

曹小玲早已出了门，林英还怔在那儿。林英被好奇心驱动了，按捺不住，咬咬牙，披了件衣服下了床，开门出来。寒风直透过衣衫，冻得她发抖；她摸黑走过两排房子，终于看见曹小玲精灵一般地在前边飘动，转过墙角，向教室方向走去。林英的冷汗被风吹干了，心里也镇定多了，她站在那儿，静静等候。

“啪啦”一声脆响，在寂静的夜里尤为响亮，是教室后门边的玻璃被打碎了。林英的心往下一沉，立即转身回宿舍，钻到了床上。被窝里热气还在，她瑟瑟抖动的身体渐渐安静下来。

过了一会儿，门响了，曹小玲回到了宿舍。林英从被窝的间隙偷眼看去，见她目光直直的，一跳一跳走到蔡燕和肖红床边，伸手从床上把毛衣一件件全拉出来，转身全堆在自己床上……

终于，曹小玲忙完了一切，上了床，脱衣睡觉。林英却睁着眼睛，惊讶得一夜没睡着。

第二天一早，林英就把这一切告诉了班主任。班主任听了，神情严肃地对林英说：“谁也别告诉，中午我们抽空讨论一下，该怎么

处理。”

好不容易到了中午，班主任、班长、团小组长“小天才”、林英四个人在空荡荡的办公室开会。

班主任让林英介绍了情况。“小天才”胸有成竹地说；“我知道，这叫梦游。”班主任说：“小玲家境是不是不太好？我看她性格有点孤僻。”林英点点头：“这次要买写观察日记的本子，我买了本小作文本，蔡燕和肖红买了四块五毛钱的软皮本，小玲只是自己订了一本白纸本。她当时很喜欢那种软皮本，说漂亮，纸也好，拿在手里真舒服……”班主任点头说：“日有所思，夜有所梦，小玲并不是想占有人家的本子，只是她太喜欢了……”

班长皱着眉头想了一阵，微笑着说：“我倒有个主意。”他把建议如此这般一说，大家齐声叫好。

下午，活动课上，初三（1）班搞了个有声有色的班会。文艺演出近尾声时，主持人“小天才”宣布：“最后一个节目，抽签选出本次活动的幸运观众。因奖品有限，只选一名。下面，我先抽出抽签人号码，再由抽签人抽出幸运观众的号码。”他微闭着眼，口中念叨着“天灵灵，地灵灵……”，同学们哄堂大笑。“小天才”的手如火中取栗般夸张地一缩，抽出了纸签，迫不及待地打开一看：“啊哈！老天有眼，我已抽出最佳抽签人，7 号，我们公正的班长。”

掌声中班长稳步上台，慢条斯理地摇签筒，伸手取出一张纸签，送给“小天才”，鞠了一躬，下台。“小天才”急忙打开，一脸笑容道：“是个女生。我有个小小请求，请该女士先为我们表演一个节目，然后接收我们的礼物，好不好？”

“好!”

“31号，我们的曹小玲同学。”

曹小玲惊喜万分，红着脸上了台，对同学们鞠了一躬，轻轻唱了一曲《好人一生平安》，掌声雷动。“小天才”说：“美妙美妙，刚好值这么多奖品。”他从讲桌里捧出奖品，“四本笔记簿，四季平安；八张音乐卡，八面来风……”曹小玲捧着这一小堆奖品，欢天喜地落了座。

这天晚上，林英对曹小玲说：“小玲，睡的时候把音乐贺卡打开，让音乐陪伴我们。”曹小玲迟疑了一下：“那，会不会影响同学休息?”“怎么会呢？这么轻柔的音乐，谁不喜欢?”“我们喜欢!”肖红、蔡燕两个说。“我们喜欢!”其余的人也齐声赞同。

于是，《铃儿响叮当》的乐声像淙淙清泉，流过众人心头。大家都屏息倾听，静心欣赏，脸上洋溢着温柔的笑意。林英又说：“半夜里也不准关了。”她伸手取来两张音乐卡，“干脆我做半个主人吧。你忘了放，由我接着。同学们学习都很紧张，有音乐相伴，会睡得很好的。”曹小玲同意了。

女孩子们又谈了一会知心话，就一个一个入睡了。曹小玲也睡着了。林英没有睡，她在欣赏音乐。黑暗中，悠扬的乐声一遍又一遍在房间回响，在女孩子们花一样美丽的梦乡里荡漾。

这一夜，什么故事也没有发生。从此以后，那样的故事再也没发生……

有个朋友爱借钱

这位朋友姓能，他父母给他取了“能干”做名字。那时我很小，喜欢通宵达旦地看夜场电影，能干就是那时呼朋引伴认识的。

那是我们一起看完电影后第三天早上，能干来了。我很意外，因为我们还很陌生。我和能干相对无语地干坐着，那情景挺像第一次见面的青年男女，可我们是两个“半大”的男人。坐了好久，他突然站起来要走，我随能干出了门，没走出几步，他回过头来，低声对我说：“你……能不能……借点钱给我？我一定会还你的，请你相信我！”

我一听这话就蒙了，因为我那时候没有一分收入。他一见我的样子，又轻轻地说：“没有就算了，走了。”然后他转身走了。我回到家里，母亲问我能干是谁，我照直说了，没想到母亲马上从口袋里拿出5块钱说：“你快给他送去吧，说不定他有急用呢！”我对母亲的支持喜不自禁，马上抓过钱，追上能干，把钱给了他。5块钱让我成了一个债主。

那时的5块钱对我来说是一笔不小的数目，所以我一直耿耿于怀，很期待能干能很快还给我。后来我听同学说能干喜欢找人借钱，借了就不还。我听了后悔不迭。以后又见过能干几次，他当然不会还我钱。不知不觉间，又过了几年。再后来我远走异地求学，也就将这事淡忘了。

在能干这个人差不多就要彻底地从我的记忆里消失的时候，他却意外地闯进了我的家门。他说他是能干，然后从他的公文包里面掏出了一个作业本，他翻给我看，我大吃一惊，那是他那时向别人借钱的账本！上面密密麻麻地记着某年某月某日借谁多少钱，字迹虽然歪歪扭扭，但清清楚楚，上面也有我的名字。

能干望着我，认真地说："我今天是来还钱的。"我笑着说："开什么玩笑，不就5块钱吗？而且那么多年了……"

"不！我当时借钱时就说过一定会还的！"能干坚决地说。然后他递过来一个漂亮的信封，信封上印着"深深的感谢！永远的感谢！"几个烫金的大字，信封里面是十几块钱，他说照这些年来的最高利息支付的。他把信封放在我的手里，说："请你一定收下！不然我会一生不安的。"

晚上，能干请我吃饭，我听到了这个奇怪的人的更多故事：能干3岁时，母亲就病故了，父亲又为他娶了个继母，他饱受了后妈的折磨。后来，后妈得了一种怪病，为治病花光了家里的钱。小小年纪的能干卖冰棍、捡破烂、借钱为后妈治病。那些年，他忍受着羞辱和鄙视，一次次找人借钱，一直到后妈病故，后来他就到南方去打工。他历尽艰辛，抱定了一个信念：要把借别人的每一分钱都还给别人！

我听着他的诉说，眼前泪光迷蒙。能干使我受到了深深的震撼，同时也让我懂得，爱的重要成分就是付出！

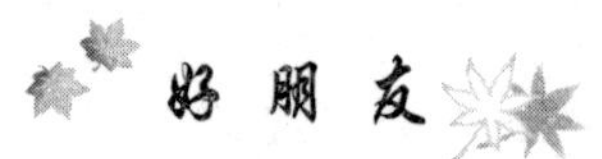

好朋友

我第一次看见他的时候，他随便斜倚着一株大白杨树，穿的是泥迹斑斑的汗衫和褪了色的破烂牛仔裤，后裤袋只剩了一个。袋口吊着一把弹弓，从刻工看来，显然出自高明的少年勇士之手。他赤着脚，用脚趾从地上夹起石子，一颗一颗地甩出去。这种本事，要不是赤脚练习多月，是学不会的。他既不高，也不矮，但肩膀很宽，腿和手臂晒得黑黑的，就一个 8 岁的孩子来说，肌肉似乎过于发达。

我是刚到得克萨斯州中部市镇的孩子，不免用自卫的眼光打量他，想探个明白，这里的孩子要用什么方式来管教我——摔跤、斗拳、赛跑还是斗嘴？我心里害怕，不知如何是好。他只管静静地望着一只鸟鼓翼钻入白杨树丛。他聚精会神地望了一会儿，然后转头向我咧嘴一笑，笑得脸儿好像上下分了家。“这只鸟蛮好看的，”他说，“不过等到养小鸟的时候，你再看这个老聒聒，可凶得要命。”说着，他懒洋洋地向我走来，在我前面几码的地方蹲下，“我就住在那边。”他说，“我叫葛罗狄斯，葛——罗——狄——斯。先告诉你，我妈妈最喜欢读书，这个名字就是她从书上看到的。你别问我是哪一本书，因为我不知道。”又是几分钟，他动都不动，两眼盯住一只扛着重东西在没修剪的草里爬的蚂蚁。然后他站了起来，动作之灵活犹如夏天随风飘扬的风筝。他一手遮着额头，对着太阳一望，“看太阳，2 点钟了，早该吃饭了。”他说。我望了望手表说：“跟我来吧，我家冰箱里还有些冷鹌鹑肉。”

在他看来事情就这么简单，我们是朋友了。此后6年，葛罗狄斯满足了我童心最大的需求，我可以指着他告诉别人说：“这是我最好的朋友。”在他看来，友谊是忠实无私的誓约，友情既无条件，亦无动机。他把知道的都非常爽快地讲给我听，绝没有一般儿童的那种自夸自大和盛气凌人。他告诉我山坡上各种野花的名字；教我吊在藤枝上荡到小河上空，在恰好的地方跳下，让水流把我们冲到下游400公尺外滑溜溜的河边泥地上。

我第一次学荡的那天，心里怕得呆住了。有些同伴嘲笑我道：“看，他怕得连试都不敢试了。”“你不是胆怯吧?”葛罗狄斯从泥泞的河边走过来，站在我身边，低声说：“准备干的时候才会怕，干的时候就不会怕了。”他又对着河里那些嘲笑我的孩子高声道：“你们在下面留神！我们就要做一件没做过的事了。我们要一起抓着这条细藤荡出去，再一起坠下来。我敢说你们谁都没有这个胆子。”我们提气凹肚荡到水上，藤蔓吊着两人的重量，几乎扯得快要断了。一松手，像是在噩梦中往下直坠，一直沉到水里，又浮了上来，随着激流冲向下游的岸边停住。第二天，我们惊险的表演已经传遍了整个学校。

一天下午，我们几个同学在一起懒散无事闲聊天，谈到小学同学打架的本领时争辩不休。我虽然并不特别壮，但很能持久。这是练出来的，因为我父亲在橄榄球风气极盛的市镇里做中学的橄榄球教练。这就使我常须保卫自己和父亲的面子，输球的季节尤其有此需要。我们胜过很多次，颇有名气，完全是因为我有一股傻劲，下巴和鼻子上的疤痕都是我有本领的明证。葛罗狄斯有一次被迫和班上个子最大的

孩子打架，把那个欺侮人的家伙打得躺在操场上。自那次以后，他就再没有被人逼着显露本领了。

大家越闹越凶，一定要我和葛罗狄斯比试高下，逼得我没有办法，只好说："就比赛摔跤吧，因为好朋友是不应该拳头相向的。"大家争辩时，葛罗狄斯一声不响，然后才慢吞吞站起来，脱去衬衫，说："来吧，不过我真不懂这是何苦。"3 小时后，大家说我们打和了。我们身上都抓破了，血汗交流，周身是草。葛罗狄斯转身回家，我却还留着听那些凑热闹的叫好。葛罗狄斯只望了我一下，露出失望的神情。年岁渐长，我渐渐懂事，才知道那次摔跤如果他真正使出全身气力，3 小时的比赛恐怕 15 分钟就结束了。

我家迁居，葛罗狄斯和我分开了，那时我们都只有十几岁。我们为了保持友谊，每年夏天都见面，圣诞节则互寄礼物，我给他的多半是买的，他给我的总是亲手做的好东西，偶尔我也寄封信给他。他从不写信。他解释说他不写信是因为"朋友之间，把想说的话写在纸上，又不知道对方会不会明白"。有一天，中学举行橄榄球锦标赛，我坐在热气腾腾的更衣室里等候第一场开赛，心里好不紧张，葛罗狄斯忽然来了。原来他特地从 125 里外搭便车来看这场比赛。他长高了，就一个 17 岁的青年来说，他的腿和手臂实在是异常健壮。教练作了最后指示，我们都忐忑不安地等着出场，葛罗狄斯弯着身子，脸上堆着笑容，又笑得好像把脸儿分成上下两截，对我说："你等着瞧那些傻瓜抢到了球的样子吧，可凶得要命。"这句话使我的忧虑尽消，观众的叫喊、乐队的大吹大擂，我全不在乎了。比赛结束，我跪在球场中心，全身又累又麻，动都不想动。我的一只眼睛眼圈发红、泪水

盈盈，另一只眼睛已经青紫，肿得睁不开。我们输了，19∶18。我迷迷糊糊，直到葛罗狄斯轻轻拍我的头盔，才猛然觉醒。他说：“谁赢谁输，大家很快就忘得干干净净了。不过自己的成绩怎样自己有数。你今天打得再好也没有了，这才是你要记住的。在我看来，你赢了。”

就在昨天，我还对一个青年提出劝告：“好朋友不必较量给别人看，更不必跟好朋友称好汉。”也就在今天，我还在再度提醒自己，“准备干的时候才会怕，干的时候就不会怕了。”

还有，我自己的成绩怎样，我自己有数，因此有许多次我觉得自己是胜利者。